Robert B. Parker
Spenser schützt den Kandidaten

Robert B. Parker wurde 1932 geboren. Nach seinem M.A. in amerikanischer Literatur promovierte er 1971 über die „Schwarze Serie“ in der amerikanischen Kriminalliteratur. Seit seinem Debüt „Spenser und das gestohlene Manuskript“ im Jahr 1973 sind fast 40 Spenser-Krimis erschienen. 1976 wurde Parkers Roman „Auf eigene Rechnung“ von der Vereinigung amerikanischer Krimi-Autoren mit dem „Edgar Allan Poe Award“ als bester Kriminalroman des Jahres ausgezeichnet.
Am 18. Januar 2010 verstarb Robert B. Parker in Massachusetts. *www.robertbparker.de*

Im Pendragon Verlag erscheinen von Robert B. Parker die beiden überaus erfolgreichen Reihen „Ein Auftrag für Spenser“ und „Ein Fall für Jesse Stone“.

Robert B. Parker

Spenser schützt den Kandidaten

Ein Auftrag für Spenser

Übersetzt von Klaus Kamberger

PENDRAGON

Drehend und drehend in immer weiteren Kreisen
Hört der Falke seinen Falkner nicht;
Die Welt fällt auseinander, die Mitte hält nicht mehr …

Wiliam Butler Yeats
„Das zweite Kommen“

1

Ich nippte an einer Flasche Murphy's Irish Whiskey und schaute aus dem Bürofenster auf die Kreuzung Berkeley Street, Ecke Boylston Street.

Es war dunkel, und der Verkehr hatte nachgelassen. Gegenüber in der Werbeagentur waren die Leute trotz der späten Stunde noch bei der Arbeit, aber das Fenster, hinter dem die dunkelhaarige Werbefrau zu arbeiten pflegte, war dunkel. Die Stille in meinem Büro wuchs von den Wänden auf mich zu, perspektivisch sozusagen. Das Gebäude war nachts ziemlich leer, nur das gelegentliche Rütteln und Donnern des Fahrstuhls unterbrach die Stille von ferne.

Ich trank ein bisschen vom Whiskey.

Wenn man es sich genau überlegte, dann war Stille eigentlich nie vollständig still. Stille, das waren die kleinen Geräusche, wenn der größere Lärm vorbei war.

Ich nahm den nächsten Schluck Whiskey. Der Whiskey legte ein wenig Spannung in die Stille. Irischer Whiskey eignete sich vorzüglich, wenn man über Dinge wie Stille nachdachte.

Ein Wagen kam langsam die Berkeley Street herunter und parkte am Bordstein direkt unter meinem Bürofenster, genau da, wo ein Schild verkündete: „Abschleppzone, absolutes Parkverbot". Ein Mann von beträchtlichem Umfang und mit einer breiten roten Nase stieg aus. Ich kannte ihn.

Auf der anderen Seite der Boylston Street, an der Ecke Bonwit's, standen ein Mann und eine Frau, die Arme umeinandergeschlungen, und warteten auf grünes Licht, um die Berkeley Street zu überqueren. Sie hatte ihre linke Hand in seiner Gesäßtasche. Er hatte seinen Arm über ihre Schultern gelegt. War das nun Liebe, oder wollte sie ihm nur an die

Brieftasche? Die Ampel schaltete um. Sie gingen hinüber. Ihre Hand steckte noch immer in seiner Gesäßtasche. Liebe.

Hinter mir hörte ich die Tür aufgehen. Ich drehte mich vom Fenster weg, und da stand der Umfangreiche mit der roten Nase.

„Sind Sie Spenser?“, fragte er.

„Ja“, sagte ich.

„Sie wissen, wer ich bin?“, fragte er.

„Fix Farell“, sagte ich.

„F. X.“, sagte er. „Ich mag diesen Spitznamen nicht.“

„Wollen Sie einen Schluck Murphy's Irish Whiskey?“

„Sicher.“

Ich reichte ihm die Flasche. Er wischte ganz automatisch den Hals mit der Handfläche ab und nahm einen Schluck. Dann gab er mir die Flasche zurück.

„Sind Sie ein Säufer?“, fragte er.

„Nein.“

„Ich kann mit keinem Säufer arbeiten.“

„Kommt das nicht darauf an, was in dem Fall Ihr Job ist?“, fragte ich.

Farrell schüttelte den Kopf. „Ist ja auch egal“, sagte er. „Wenn Sie ein Säufer wären, hätte ich das schon gehört.“

Ich trank noch einen Schluck und reichte ihm die Flasche wieder. Er nahm sie und trank. Er trug einen leichten grauen Mantel mit schwarzen Samtaufschlägen und dazu einen Homburg. Die Haare, die darunter hervorschauten, waren grau. Unter dem Mantel hatte er ein weißes Hemd an mit Button-Down-Kragen und einer Regimentskrawatte, die er zu einem dicken Windsor-Knoten gebunden hatte.

„Ich habe mich über Sie informiert, Spenser. Verstanden? Ich habe Sie von meinen Leuten durchchecken lassen, und Sie sind sauber dabei herausgekommen.“

„Wie schön“, sagte ich.

„Wir werden Sie einstellen.“

Er gab mir die Flasche zurück. Es war ein feines Netzwerk von geplatzten Äderchen, das seine Nase so rot erscheinen ließ.

„Beim Stadtrat?“, fragte ich.

Er schüttelte ungeduldig den Kopf. „Quatsch, das Alexander-Wahlkampfkomitee. Sie sollen sich um die Sicherheit kümmern.“

„Meade Alexander? Der Kongress-Abgeordnete?“

„Genau. Man sagte mir, Sie seien ein ganz Schlauer. Meade will in den Senat, oder lesen Sie keine Zeitung?“

„Nur die komischen Sachen“, sagte ich. „Tank MacNamara zum Beispiel, und über das, was im Stadtrat passiert.“

Ich trank wieder vom Whiskey.

„Aber sicher“, sagte Farell. „Wollen Sie den Job?“

„Personenschutz?“

„Personenschutz. Es gab ein paar Morddrohungen, vermutlich nur so ein paar linke Spinner. Aber Browne hat Beziehungen, und deswegen sollten Sie ein wenig achtgeben.“

„Browne? Ist das nicht Alexanders Gegner?“

„Genau. Robert Browne.“

„Hat er Verbindungen zur Mafia?“

„Mit Sicherheit“, sagte Farrell. „Er war jahrelang im Knast.“

„Und Sie glauben, die Mafia will Alexander an den Kragen?“

Farrell schüttelte den Kopf. „Nein. Aber man kann nie sicher sein, und deswegen brauchen wir jemanden, der sich um die Sicherheit kümmert. Bei jedem Wahlkampf braucht man auch Personenschutz. Warum sollten wir uns nicht den Besten holen?“

„Sie sind ein sehr scharfsinniger Mann“, sagte ich.

„Ja, sicher. Sie wollen den Job?“

„Wer macht ihn jetzt?“

„Zwei Cops aus Fitchburg, die vorübergehend zum Wahlkampfstab abkommandiert worden sind. Sie werden auch dabeibleiben, aber die Verantwortung haben Sie.“

„Alexander kommt aus Fitchburg?“

„Genau.“

„Welche Mafia hat Browne in der Tasche?“, fragte ich.

Farrell zuckte mit den Schultern. „Keine Ahnung.“

„Wenn Sie nicht wissen, wer ihn gekauft hat, wie wissen Sie dann, dass ihn überhaupt wer in der Tasche hat?“, fragte ich.

Ohne zu fragen, griff Farrell nach der Flasche und trank. Dann gab er sie mir wieder zurück, und ich trank, aber einen viel kleineren Schluck als er.

„Wer, zum Teufel, sind Sie? Redakteur beim *Boston Globe*? Es geht nicht darum, was ich beweisen kann. Wir reden über Politik, Sie Arschloch. “

„Wir kennen uns wohl noch nicht gut genug, dass Sie mir schon Kosenamen geben können, Fix.“

Farrell reagierte nicht. Er schaute auf seine Uhr.

„Was ist nun? Wollen Sie den Job oder nicht? Geld spielt keine Rolle. Übers Geld kommen wir schon zusammen.“

Ich drehte mich mit einem Ruck von Farrell weg und schaute aus dem Fenster hinab auf die dunkle Straße und hinüber zum dunklen Fenster meiner Werbefrau, und ich lauschte auf die Geräusche in meinem Büro. Hatte ich gerade etwas Besseres zu tun? Nein. Konnte ich das Geld gebrauchen? Ja. Würde ich mir damit besser die Zeit vertreiben, als hier irischen Whiskey zu trinken und aus dem Fenster zu gucken? Vielleicht.

„Haben Sie ein Problem mit Alexanders Politik?“, fragte Farrell meinen Rücken.

Ich wandte mich um. „Ich habe ein Problem mit jedweder Politik“, sagte ich.

„Wo liegt dann die Hürde?“, fragte Farrell.

„Es gibt keine“, sagte ich. „Ich nehme den Job.“

2

Meade und Ronni Alexander hielten Händchen, als ich bei ihnen auftauchte. Er war ein großer, etwas ländlicher Typ mit einer gesunden Hautfarbe. Seine graublonden Haare hatte er straff nach hinten gekämmt. Er trug einen dunkelblauen Anzug mit Weste aus allerfeinstem Garn, eine kastanienbraune Krawatte mit winzigen Figuren als Muster und schwarze Schuhe, die seitlich mit einem Reißverschluss geschlossen wurden.

Seine Frau war kleiner und hatte langes blondes Haar, das sie in Farrah-Fawcett-Manier gekämmt hatte. Ihre Augen waren sehr groß und blau, mit langen Wimpern, ihr Mund breit und die Nase schmal und gerade. Um den Hals trug sie ein schwarzes Samtband mit einer Kamee-Brosche in der Mitte. Ihre Bluse war weiß und plissiert, mit Spitzen an Kragen und Manschetten. Ihr Rock war schwarz, und ihre Schuhe hatten sehr hohe Absätze. Sie roch nach einem teuren Parfüm und sah 20 Jahre jünger aus als ihr Mann. Was sie nicht war. Er war 51. Sie war 46.

Wir befanden uns in ihrer Suite im *Sheraton-Hotel* von Boston, zusammen mit Fix Farrell, den beiden Cops aus Fitchburg und einem Mann namens Abel Westin, der Alexanders Medien-Berater war.

Alle setzten sich, bis auf Ronni, die den Kaffee holte, der auf dem Servierwagen bereitstand, und anfing, uns einzuschenken. Ich malte mir aus, ob sie beim Schreiben ihres Namens statt dem I-Punkt ein kleines Herz malte. Das würde, dachte ich mir, zu ihr passen.

Alexander ließ sich von seiner Frau eine Tasse Kaffee reichen und fragte mich: „Sind Sie ein religiöser Mensch, Mr. Spenser?"

„Nein."

„Sind Sie in christlichem Glauben erzogen worden?"

„Meine Familie stammt aus Irland. Ich wurde katholisch erzogen."

„Aber Sie sind nicht mehr gläubig."

„Nein."

„Glauben Sie an einen allmächtigen Gott?"

„Wieso, will er mich anheuern?"

Alexander setzte sich so ruckartig zurück, dass er etwas von seinem Kaffee verschüttete.

„Oder sie?", ergänzte ich.

Ronni Alexander griff sich eine Serviette vom Servierwagen und tupfte die Hose ihres Mannes und den Teppich ab, wobei sie sorgfältig darauf achtete, dass ihr der Rock bei der Herumkriecherei nicht hochrutschte. Alexander tätschelte ihr die Schulter.

„Danke, Ronni", sagte er, und mich schaute er nachdenklich an.

„Was immer für Klischees Sie von uns Politikern im Kopf haben, Mr. Spenser, auf mich treffen sie nicht zu. Ich bin Christ. Das ist für mich das Wichtigste. Ich glaube ohne Einschränkung an eine Reihe von sehr klaren Geboten. Ich will jetzt mit Ihnen über diese Gebote keine Diskussion anfangen. Aber nehmen Sie sie nicht zu leicht. Ich tue es im

Dienste von Jesus Christus, wenn ich ein politisches Amt anstrebe. Ich tue es, damit diese Gebote dort Wurzeln schlagen. Dieses Land ist in einem trostlosen Zustand. Es muss erlöst werden."

Ich schaute zu Fix Farrell hinüber, der am Fenster stand mit seinem Hut auf dem Kopf. Sein Gesicht blieb unbewegt. Alexander fuhr fort:

„Ich verlange nicht, dass Sie ein Christ sind. Aber ich verlange, dass Sie meinen Glauben und die Kraft, die aus ihm kommt, verstehen. Wir werden oft zusammen sein, bisweilen über längere Zeit. Meine Frau und ich meinen es ernst."

Farrell sagte: „Okay, Meade, Schluss mit dem Scheiß. Wir haben ihn nicht engagiert, damit er für euch betet."

„In Gegenwart von Mrs. Alexander darf ich dich wohl bitten, deine Worte besser zu wählen, Francis."

„Schon recht", meinte Farrell. „Aber es ist so: Spenser ist der Mann, den wir für diesen Job brauchen. Meine Leute haben ihn gründlich durchgecheckt. Klar, er ist ziemlich anstrengend. Aber er hat, was wir brauchen. Lass uns also zur Sache kommen und hör auf, herumzuschwafeln."

Alexander lächelte und schüttelte sanft seinen Kopf. Einen Augenblick lang schaute er mich an.

„Haben Sie das, was wir brauchen, Mr. Spenser?"

„Bis jetzt", sagte ich.

Er lächelte wieder und nickte. Keiner sagte etwas. Westin schaute auf seine Uhr. Die beiden Cops aus Fitchburg hockten phlegmatisch in ihren Sesseln. Du bleibst nicht lange ein Cop, wenn du nicht gut warten kannst.

Ronni Alexander fragte: „Sind Sie verheiratet, Mr. Spenser?"

Bei ihrer Frage schenkte sie mir ein breites Lächeln.

„Nein, Ma'am."

„Waren es auch nie?“

„Nein, Ma'am.“

Sie hörte nicht auf zu lächeln und nickte dazu, als hätte sich für sie nur ein Verdacht bestätigt. Wäre ich verheiratet gewesen, dann hätte ich sicher bessere Manieren gehabt.

„Wollen Sie, dass ich Ihnen etwas vorführe?“, fragte ich Alexander. „Vielleicht einer Fliege die Flügel wegschießen? Oder mit einem Bären ringen? Für einen unverheirateten Agnostiker bin ich nämlich äußerst geschickt.“

„Und verdammt komisch“, ergänzte Westin.

„Das ist kostenlos“, sagte ich. „Eine Zusatzleistung, wenn Sie für die Muskeln bezahlen.“

„In Ordnung“, sagte Alexander, „scheinbar müssen wir mit Ihnen vorliebnehmen. Ich weiß nicht genau warum, aber Sie sind ziemlich überzeugend. Meinst du nicht auch, Ronni?“

Ronni setzte ihr strahlendes Lächeln auf. „Ich glaube, innen drin ist er wirklich sehr, sehr nett. Ich werde mich viel besser fühlen mit ihm an Bord.“

„Nun ja, ich denke, damit sind Sie engagiert“, sagte Alexander. „Diese Herren hier werden Sie einweisen. Ronni und ich möchten uns für eine Stunde ausruhen, bevor wir uns wieder an die Arbeit machen.“

Alexander erhob sich. Ich erhob mich. Wir schüttelten die Hände. Alexander und seine Frau gingen durch die Verbindungstür in ihr Schlafzimmer und schlossen die Tür hinter sich.

Abel Westin sagte zu mir: „Sie haben ein großes Mundwerk, Kumpel. Um ein Haar hätten Sie den Job nicht bekommen.“

„Ich weiß“, sagte ich. „Ich habe noch immer Herzrasen.“

„Okay, okay“, sagte Farrell. „Wir sollen in zwei Stunden in

Lowell sein. Ihr beiden redet mit Spenser. Abe und ich haben noch was zu tun."

„Ich habe Ihnen bereits gesagt, Farrell, mein Name ist Abel, nicht Abe."

„Oh ja, richtig. Nun ja, lassen Sie uns mal zusehen, dass wir die Pressekonferenz auf die Beine stellen."

Farrell schüttelte mir die Hand. „Die Jungs hier bringen Sie auf den Stand der Dinge. Keine Sorgen wegen Meade. Er glaubt tatsächlich den ganzen Mist, aber man kann sich auf ihn verlassen, wissen Sie? Er ist geradlinig. Und auf jeden Fall ist er ein Gewinner. F. X. Farrell steigt bei keinem Verlierer ins Boot. Klar?"

Ich nickte, aber Farrell wartete nicht einmal darauf, ob ich das tat oder nicht. Mit einem Ruck drehte er sich zu Westin um, und die beiden verließen das Hotelzimmer. Ich wandte mich den Cops zu.

Beide waren jung. Nicht älter als 30. Der eine trug eine karierte Jacke, der andere einen grauen Anzug.

„Sie sind Fraser", sagte ich zu dem mit der karierten Jacke.

„Dale Fraser", sagte er. Er war glatt rasiert, und am Kopf begann er kahl zu werden. Er trug eine Hornbrille und sah aus, als spielte er als Verteidiger in einem kleinen College-Basketball-Team.

Der andere Cop sagte: „Tom Cambell." Er war gedrungener, hatte kurz geschnittene braune Haare und einen Stiernacken. Seine Hände waren klein und sehr dick. Ich schüttelte beiden die Hände.

„Was haltet ihr davon, dass ich dazu geholt wurde?", fragte ich sie.

„Wir sind erleichtert", sagte Fraser. „Für zwei Mann gab es einfach zu viel zu tun."

„Wie habt ihr die Sache bisher angepackt?"

„Ich habe hauptsächlich die Koordination mit den lokalen Polizeibehörden gemacht. Tommy hat dafür meistens den Bodyguard gespielt."

„Den Hauptanteil bei den Sicherheitsvorkehrungen übernehmen die örtlichen Cops, nehme ich an."

Fraser nickte. „Ich sorge im Vorfeld dafür, dass alles steht. Ordnungskräfte, Sicherheitskontrollen bei Empfängen, solche Sachen eben. Der Personenschutz, also Mr. Alexander bewaffnet zur Seite zu stehen, das ist unsere Aufgabe."

„Brauchen wir mehr Leute?", fragte ich.

Cambell antwortete: „Nicht mehr. Jetzt sind Sie ja da. Außerdem müssen wir nicht vor seiner Tür Wache schieben oder so was. Dale sorgt dafür, dass die Räume immer miteinander verbunden sind. Wir schlafen dann nebenan. Natürlich würden weitere zehn Burschen um ihn herum nicht schaden, aber er möchte nicht voll eingekreist sein. Er schüttelt Hände, und" – Cambell zuckte mit den Schultern – „er will eben gewählt werden, wissen Sie. Das geht nicht, wenn man sich gleichzeitig versteckt."

Ich nickte. „Okay, lassen wir es, wie es ist. Dale, Sie machen weiter die Koordination. Tom und ich teilen uns den Personenschutz. Wenn ihr irgendetwas braucht, sagt es mir. Wenn ihr irgendwelche Vorschläge habt, macht sie. Ich bin zwar verantwortlich, aber bescheiden. Also braucht ihr nicht salutieren, wenn ihr mich seht."

Fraser meinte: „Was dagegen, wenn wir hinter Ihrem Rücken ab und zu mal kichern?"

„Ach was, nein", sagte ich. „Das tun eh alle."

3

In einem Hörsaal der Universität von Lowell erklärte Meade Alexander an welchem Punkt der nationalen Geschichte das Kind in den Brunnen gefallen sei und warum.

Der Saal war ziemlich voll. Ronni saß auf einem Klappstuhl hinter ihm auf der Bühne, Knie und Knöchel brav zusammengeschlossen. Ihre Füße standen fest auf dem Boden, die in weißen Handschuhen steckenden Hände hatte sie ordentlich im Schoß gefaltet und fixierte mit den Augen ihren Ehemann, mit einem Gesichtsausdruck, der großes Interesse, Befürwortung und vielleicht sogar Verehrung zeigte.

„Dieses Land steckt in einer Krise", sagte Alexander. „Beinahe die Hälfte aller Ehen, die in unserem Land geschlossen werden, enden mit der Scheidung. Scheinbar kann das, was vom Herrn vereint, jeder nach Belieben entzweien."

Ich lehnte an einer Wand in der Nähe der Bühne, bei einem Fenster. Wenn ich hinaus blickte, konnte ich den Merrimack River sehen, wie er durch ein paar Stromschnellen voranpreschte und sich in einen Wasserfall ergoss, ehe er weiter nach Newburyport rauschte. Hier soll vor nicht allzu langer Zeit jemand sogar noch einen Lachs gefangen haben. Oder war es ein anderer Fluss gewesen, und ich war nur optimistisch? Na ja, jedenfalls hatte er nicht Feuer gefangen, wie der Cuyahoga River in Cleveland.

„Liebe Freunde", rief Alexander, „fast 80 Prozent der Videokassetten, die heute verkauft werden, sind pornografisch." Irgendein Kindskopf hinten im Raum sagte, dass es jeder hören konnte: „Weiter so."

Tom Cambell stand seitlich auf der Bühne und Fraser befand sich im hinteren Teil des Hörsaals, neben dem Sicherheitschef des Uni-Campus, der mit einem Walkie-Talkie ausgerüstet war.

„Mit Nacktheit und Sex wird das große Geschäft gemacht. In jedem kleinen Laden überall im Land werden Magazine verkauft, die den Verkäufer vor 20 Jahren noch ins Gefängnis gebracht hätten. Das Fernsehen verkauft sexuell anzügliches Herumgewackel und Zeitungsschreiber machen es sich zum Geschäft, ihren Lesern zu suggerieren, dass jede Art von sexuellem Exzess erlaubt sei, dass Abtreibung etwas sei, das nur einen selbst etwas angehe, so, als wäre das Abschlachten von ungeborenen Kindern mit dem Kurieren eines verdorbenen Magen vergleichbar."

Die Zuhörer setzten sich zum größeren Teil aus Studenten und Angehörigen des Lehrkörpers zusammen, dazu waren ein paar Bürger von Lowell gestoßen, die sich für den Kandidaten interessierten. Draußen aber klebten Aufrufe an den Wänden, die sich für die Befreiung der Schwulen, für die NAACP, gegen nukleare Aufrüstung, für geplante Elternschaft aussprachen. Für alles, was sozusagen links von Alexander geschah. Es waren viele Menschen gekommen, wenngleich es, soweit ich das überblicken konnte, keinen gab, der rechts von Alexander angesiedelt war. Im Vergleich zu den Linken, die ich in den späten 60er- und frühen 70er-Jahren kennengelernt hatte, verhielten sich alle recht ruhig, aber die Campus-Aufseher und die Stadtpolizei von Lowell hielten sie neutral in Schach.

„Die Familie, der Kern unserer Gesellschaft, wird vom sich ausbreitenden Feminismus angegriffen, von denen, die einen Aufstand unter dem tückischen Deckmantel der ‚Kinderrechte' planen, von Drogenhändlern, die uns vergiften wollen, von denen, die die Ehe Homosexueller erreichen wollen, von einer sich einmischenden Regierung, in deren Diensten Sozialarbeiter allzu oft die heiligen Bande der Familie mit ihren Theorien aus der Soziologie zerschneiden."

Unter meinem Fenster saß im Gras eine junge Frau mit Schottenrock, den Rücken gegen einen Baum gelehnt. Ein junger Mann lag neben ihr auf dem Boden, den Kopf in ihrem Schoß. Beide lasen, und dabei strich sie ihm mit der linken Hand abwesend übers Haar.

„Ich kandidiere nicht einzig aus politischen Gründen. Ich will nicht nur Gesetze ändern, sondern auch die Voraussetzungen dieser Nation, um die Reinheit und Kraft des jungen Amerikas wiederzubeleben. Um den angeborenen Anstand in den Menschen dieses Landes zu erwecken, vereint unter Gott, um die Entschlossenheit dieser Nation zu stärken, etwas gegen den gottlosen Kommunismus zu unternehmen. Dies alles sind Dinge jenseits der Gesetzgebung. Ich rufe Sie alle auf, mir in den Kreuzzug für Amerikas Wiedergeburt zu folgen."

Zu seinen Füßen saßen in den ersten Reihen auch ein paar Reporter, die Alexanders Wahlkampagne begleiteten. Als sie das Stichwort von der Wiedergeburt Amerikas hörten, öffneten sie ihre Augen, klappten die Notizbücher zu und standen auf. Sie hatten den halben Gang schon geschafft, bevor der Beifall aufbrandete. Die meisten Zuhörer standen auf, um zu applaudieren, und der Applaus schien von Herzen zu kommen. Hier und da schüttelte ein Professor den Kopf, doch die überwältigende Mehrheit des Publikums schien sehr einverstanden mit dem, was sie gehört hatte.

Alexander und der Präsident des College, der die einleitenden Worte gesprochen hatte, schüttelten sich die Hände. Eine Minute lang oder mehr stand Alexander mit ausgebreiteten Armen da, dann kam er die Stufen von der Bühne herunter. Tom Cambell war gleich hinter ihm, und ich ging an seiner Seite, als wir den Mittelgang hinuntergingen. Auf der Freitreppe vor dem Gebäude wurden noch ein paar Fotos von Alexander, Hand in Hand mit Ronni, geschossen. Dann ging es hinein in die Autos und weg vom Campus.

Als ich durch das Rückfenster des Wagens zurückschaute, sah ich den jungen Mann und die junge Frau, die ich beim Lesen auf dem Rasen beobachtet hatte, wie sie uns händchenhaltend nachschauten.

20 Minuten später schlürfte Alexander eine Tasse Tee mit Milch und Zucker, aß dazu ein Ananas-Törtchen und erklärte zahlreichen Mitgliedern des *Haverhill Republican Women's Club,* dass die Einmischung der Finanzbehörden in die Angelegenheiten der Christlichen Schulen nicht geduldet werden könne, ebenso wenig wie der Rückzug Amerikas aus Taiwan oder der Verlust des Panamakanals. Ronni lächelte dazu, half Tee nachgießen, äußerte sich kurz über die Heiligkeit des Ehebundes und gab ihrer Überzeugung Ausdruck, dass einzig ihr Ehegatte noch das Bollwerk zwischen uns und der Ankunft des Antichrist sei.

Währenddessen marschierte Fraser herum und hielt Kontakt zur Polizei vor Ort. Cambell und ich versuchten, irgendwie an Alexanders Seite zu bleiben. Aber die einzige Gefahr, die ihm drohte, war meiner Ansicht nach das Gebäck. Ich probierte ein Stück und es schmeckte wie etwas, das man nur herunterschluckt, um Folter zu vermeiden.

Eine ziemlich kleingeratene Frau mit kurzem, blondem Haar fragte mich, ob ich zur Begleitung des Kongressabgeordneten Alexander gehörte. Sie trug ein reichlich graues Kostüm und eine Ansteckblume.

„Ja", sagte ich.

„Also", sagte sie, „wir stehen hier alle voll hinter ihm. Er ist, seitdem ich wähle, der erste Politiker in diesem Staat, der etwas Sinnvolles erzählt."

„Dies ist der einzige Staat in den USA, der 1972 für George McGovern gestimmt hat", antwortete ich. „Sie glauben, in Massachusetts kommt auch ein Konservativer durch?"

„Ganz bestimmt. Massachusetts hat nur ein bisschen länger gebraucht, bis es darauf gekommen ist. Aber es ist so weit. Der Liberalismus ist bankrott."

Ich schaute auf ihr Bukett. So etwas sieht man nicht alle Tage, schon gar nicht tagsüber. Es war eine Orchidee.

„Ist mein Bukett nicht ganz herrlich? Donald, mein Mann, hat es mir gestern Abend gegeben, nachdem er erfahren hatte, dass ich den Kongressabgeordneten treffen werde. Ich habe es die ganze Nacht über im Kühlschrank gehabt."

Ich lächelte. „Es ist tatsächlich sehr reizend", sagte ich.

Wir verließen rechtzeitig den *Haverhill Republican Women's Club,* um bei Schichtwechsel im Raytheon-Werk in Andover zu sein. Alexander stellte sich am Werktor auf und schüttelte so viele Hände, wie er packen konnte, als die Arbeiter heraus und auf die Parkplätze stürmten. Mehr als die Hälfte von ihnen schoben an Meade und Ronni vorbei und ignorierten die ihnen entgegengestreckten Hände. Ein paar ließen sie sich schütteln, ohne wirklich zu wissen, wer vor ihnen stand. Die meisten Arbeiter waren Männer, und die meisten von ihnen drehten sich zu Ronni um, wenn sie vorbeikamen. Ein Bärtiger mit Schottenmütze auf dem Kopf meinte: „Netter Arsch."

Sobald die 16-Uhr-Schicht die Bewunderung des Hinterteils seiner Frau beendet hatte, saß Alexander auch schon wieder in seinem Caravan und war unterwegs zu einem Einkaufszentrum in Peabody.

Alexander stellte sich vor einem Geschäft von Jordan Marsh, gegenüber von Baskin-Robbins auf und schüttelte wieder ein paar Hände. Fix Farrell und Abel Westin waren damit beschäftigt, die Leute auf ihn zuzutreiben und Alexander schüttelte Hände und lächelte, und Ronni stand neben ihm und lächelte.

Eine kleine Frau mit einer starken Dauerwelle im grauen Haar fragte Alexander, was er mit den „Dunklen“ zu tun gedenke.

Alexander sagte: „Wie meinen Sie das?“

Sie sagte: „Na die Dunklen. Was haben Sie mit denen vor? Sie kommen überall herein, und wir bezahlen dafür.“

Alexander antwortete: „Ich meine, die Regierung hat sich nicht in das Bildungssystem einzumischen.“

Die Frau nickte triumphierend. Eine junge Frau in Mokassins und mit goldgerahmter Brille fragte: „Sie sind also gegen öffentliche Bildung. Wollen Sie sie abschaffen?“

Abel Westin schlüpfte zwischen Alexander und die Frau. Er sagte: „Das ist eine zu komplexe Frage für ein Forum wie dieses, Ma'am.“

„Aber er hat gesagt, die Regierung solle sich nicht in das Bildungssystem einmischen.“

Alexander lächelte. „Wir sind dabei, ein Thesenpapier zu diesem Thema vorzubereiten. Ich glaube, wenn es erscheint, wird es Sie zufriedenstellen.“

„Aber es war eine gute Frage“, sagte Westin.

Die junge Frau sagte: „Schwachsinn.“ Dann ging sie hinüber zu Baskin-Robbins und kaufte sich ein Eis.

Vom Einkaufszentrum begaben wir uns zu einem Empfang im *Colonial Hilton Inn* in Lynnfield. Alexander traf sich in einem Veranstaltungsraum mit der *Christian Action Coalition.* Ein kleines Buffet mit Weinkrügen, Käse und Salzstangen stand dort an der Wand.

Alexander nippte an einem kleinen Glas Wein und knabberte eine Salzstange. Freundlich lächelnd genoss er die Bewunderung, die ihn umgab wie der Dampf in einer Suppenküche. Alle Männer im Saal trugen Anzug und Krawatte, alle Frauen Kleider und hochhackige Schuhe. Bei den Frauen blitzte reichlich Goldschmuck und bei den Männern sah man eine beachtliche Menge teurer Armbanduhren. Bei den Unterhaltungen zwischen dem Kandidaten und den Gästen gab es keine Fragen, nur gemeinsame Überzeugungen.

„Wissen Sie, was sie sich für die Lebensmittelmarken kaufen? Muffins. Da war eine Frau vor mir im *Star Market* …"

„Wissen Sie, was sie im Englischunterricht meiner Kleinen gelesen haben? Die Mädchen und die Jungen? Haben Sie schon mal von Eldridge Cleaver gehört?"

Ronni Alexander trank ein Glas Wein.

„Solange die Privatwirtschaft in Geldsachen mit der Regierung Wettbewerb treiben muss, werden die Zinsen oben bleiben. Es geht einfach um Angebot und Nachfrage …"

Ich bemerkte, dass Ronni Alexander ihren Wein ausgetrunken hatte und nach dem nächsten Glas griff.

Der Tabakqualm wurde immer dicker. Wiedergeborene Christen schienen Lungenkrebs nicht zu fürchten.

„… dieses Jahr in der Schule kein Krippenspiel. Irgendein Jude hatte sich doch tatsächlich beschwert, dass …"

Fix Farrell sagte zu mir: „Okay, wir sollten gehen. Ronni hat mit dem Wein angefangen."

Ronni war gerade dabei, ihren Plastikbecher am Buffet nachfüllen zu lassen.

Farrell murmelte Westin ins Ohr. „Mach die verdammte Nacht-Ansage."

Westin sagte mit erhobener Stimme in den Lärm hinein: „Entschuldigen Sie, entschuldigen Sie bitte."

Farrell bewegte sich zu Alexander hinüber und flüsterte

ihm etwas zu. Dale Fraser ging hinaus, um die Wagen bereitzustellen.

„Meade würde hier die ganze Nacht bleiben, wenn wir ihn ließen. Aber irgendwer muss ja den Bösewicht spielen. Wir haben dafür zu sorgen, dass er rechtzeitig ins Bett kommt. Und so danken wir Ihnen für Ihr Kommen, und wenn Sie noch eine Sekunde ausharren wollen, dann sagt Meade Ihnen gern auf Wiedersehen. Danach hoffe ich, dass Sie noch ein wenig hierbleiben und den Wein genießen werden."

Alexander trat neben Westin, und sein Lächeln erfrischte die dicke Luft.

„Ich danke Ihnen allen für Ihr Kommen. Denken Sie an mich, wenn es Zeit ist zu wählen. Hören Sie auf Ihr Gewissen, und Gott wird Sie schützen."

Dann nahm er den Arm seiner Frau. Sie zeigte ihr glänzendes Lächeln, und mit Farrell neben und mir und Cambell hinter sich marschierten sie aus dem Raum zu den wartenden Wagen. Ronni hatte ihren Plastikbecher noch in der Hand. Proviant für unterwegs.

4

Als wir wieder in unserem Hotel in Boston waren, meinte Fix, dass alle in ihren Zimmern essen sollten. Aber Ronni wollte das neue Restaurant ausprobieren, *Apley's* nannte es sich. „Francis", sagte sie, „ich bin es leid, ständig in irgendeinen Raum eingesperrt zu werden. Ich wünsche mir mal etwas Elegantes."

Alexander nickte zu Fix hinüber. „Das wird sicher in Ordnung sein", sagte er. „Mr. Spenser kann mit uns kommen, wenn Sie sich Sorgen um unsere Sicherheit machen."

Farrell zuckte mit den Schultern. „Das ist Ihre Sache", sagte er. „Ich esse diesen französischen Mist nicht."

Der Mäitre erkannte Alexander und fand problemlos einen Tisch für uns drei. *Apley's* war ein elegantes Restaurant mit Spiegeln an den Wänden. Eine Frau saß mittig im Raum und spielte Harfe. Die Karte bot offensiv Nouvelle Cuisine.

Der Ober nahm unsere Getränkebestellung entgegen. Ich nahm ein Bier, Alexander einen Martini, Ronni einen Jack Daniel's auf Eis.

Ronni studierte die Karte und lächelte dann zu mir herüber. „Stört es Sie, hier zu essen, Mr. Spenser?"

„Nein. Ich mag das. Ich esse oft französischen Mist."

Der Ober brachte die Getränke. Alexander hob sein Martini-Glas und lächelte uns zu.

„Prost", sagte er. Wir tranken. „Wie gefällt Ihnen so eine Wahlkampagne, Spenser?"

„Allgemein betrachtet wäre ich lieber in Philadelphia."

„Ich glaube, es kann schon etwas ermüdend sein. Ronni und ich haben uns daran gewöhnt. Und ich muss sagen, es gibt einem schon Auftrieb, wenn ..." Er machte eine Geste, als würde er einen großen Schneeball machen. „Wenn man unter den Leuten ist. Wenn man wirklich seinen Wählern gegenübersteht."

„Einschließlich der jungen Frau, die Sie nach Ihrer Einstellung zur öffentlichen Bildung gefragt hat?"

Alexander lächelte sein strahlendes Lächeln. „Politik bedeutet Kompromisse machen, Mr. Spenser."

„Sie haben doch gesehen, wie sie angezogen war", sagte Ronni. Ihr S wurde dabei schon ein wenig undeutlich.

„Es wäre nicht klug gewesen, in dem Moment und an diesem Ort meine Position zu artikulieren. Sie war ganz offensichtlich unfreundlich eingestellt. Die Presse war dabei.

Denen wäre doch nichts lieber gewesen, als darüber zu berichten, wie ich in einer Einkaufszone ein Streitgespräch ausgefochten habe."

Der Ober erschien. „Verzeihung", sagte er. „Darf ich Sie über unser Tagesangebot informieren?"

Alexander nickte.

„Als erstes können Sie mir noch einen Drink bringen", sagte Ronni.

„Gern, Ma'am." Der Ober nahm das Glas, dann schaute er Alexander und mich an. Wir schüttelten beide den Kopf. Der Ober entfernte sich.

„Erzählen Sie uns ein bisschen mehr über sich, Spenser. Wir wissen nur, dass man Sie wärmstens empfohlen hat und dass Sie unverheiratet und Agnostiker sind."

„Damit wissen Sie alles", sagte ich.

„Eine von Francis' Quellen meinte auch, Sie seien, wie sagte er noch gleich, ein Ironiker."

„Das bin ich auch", sagte ich.

Der Ober kam mit Ronnis Bourbon zurück. Sie trank, während er uns die Tageskarte vortrug. Er brauchte dazu eine ganze Weile, und ich fragte mich, wie ich das immer tue, wenn mir einer das Menü rezitiert, was man unterdessen von mir erwartet. Einfach dasitzen und weise mit dem Kopf nicken? Da käme ich mir vor wie ein Talkshowgast. Aufzustehen und zur Toilette zu eilen, würde wohl als unhöflich aufgefasst werden. In Chicago habe ich mal versucht, mir Notizen am Rand der Speisekarte zu machen. Aber da wurden sie sauer.

Als der Ober durch war, fragte Ronni: „Ist die Ente gut?"

„Das ist sie, Ma'am."

„Und was ist mit dem Zeug mit den grünen Pfefferkörnern?"

„Das Wildhuhn? Ja, Ma'am, das ist hervorragend."

„Was von beidem ist Ihrer Meinung nach besser?", fragte sie.

„Beide sind hervorragend, Ma'am."

Alexander sagte: „Ich hätte gern das Rinderfilet, bitte."

Der Ober schaute dankbar. Er blickte zu mir herüber. Ich bestellte Ente. Zögernd wandte er sich an Ronni. Sie trank ihren Bourbon aus.

„Ich weiß nicht, was ich nehmen soll", sagte sie. Der Ober lächelte.

„Wenn Sie mir erst einmal noch ein kleines Glas Bourbon bringen, danach werde ich mich entscheiden." Sie lallte schon verdächtig. „Für Sie auch etwas, meine Herren?"

Ich bestellte noch ein Bier. Alexander schüttelte den Kopf. Der Ober verschwand. Ronni studierte die Karte.

„Ich nehme an, Sie waren auch schon mal bei der Polizei, Mr. Spenser?"

„Ganz richtig."

„Hat es Ihnen dort nicht gefallen?"

„Ja und nein", sagte ich. „Wie das bei allen Dingen so ist. Die Arbeit hat schon ihren Sinn, wenigstens meistens. Aber" – ich zuckte mit den Schultern – „man muss zu viele Berichte schreiben. Es gibt zu viele Leute über einem, die nie unten in den Straßen gearbeitet haben. Und es gibt zu viel Zynismus."

Alexander hob die Augenbrauen. „Zu viel Zynismus? Ich habe Sie selbst für einen Zyniker gehalten, Mr. Spenser." Ich zuckte wieder mit den Schultern.

„Sind Sie keiner?"

„Nicht ganz", sagte ich.

„An was glauben Sie denn?"

Der Ober kam mit Ronnis Bourbon und meinem Bier zurück.

Alexander sagte zu Ronni: „Warum nimmst du nicht das Wildhuhn mit Pfefferkörnern?“

Ronni nahm einen Schluck Bourbon und nickte.

Alexander wandte sich an den Ober. „Für die Dame Wildhuhn mit grünem Pfeffer.“

„Sehr gut, Sir. Möchten Sie einen Wein dazu bestellen?“ Alexander sagte: „Nein, ich glaube nicht …“

Ronni sagte: „Ach, komm, Meade. Ein Abendessen ohne Wein ist wie ein Kuss ohne zu fummeln.“

Alexander nickte zum Ober hinüber. Der holte die Weinkarte hervor und reichte sie Alexander. Alexander ging sie durch und bestellte einen guten kalifornischen Pinot Noir. Der Ober marschierte los, ihn zu holen.

Ronni fing an, zur Harfe zu summen.

Alexander schaute mich an, trank seinen Martini aus und sagte: „Was sind das also für Dinge, in denen Sie kein Zyniker sind? An was glauben Sie?“

„An die Liebe“, sagte ich. „Ich glaube an die Liebe – Alfie.“ Alexander schaute mich mit ernster Miene an. Ronnis Summen wurde etwas lauter. Die Harfenistin spielte irgendetwas Klassisches, das ich nicht kannte. Offensichtlich kannte Ronni es auch nicht, aber das nahm ihr keineswegs den Mut. Sie wiegte sich leicht im Takt der Musik, während sie summte.

Alexander hielt den Blick auf mich gerichtet. „Das tue ich auch“, sagte er.

5

Alexander war bei einem Mittagsempfang im *Marriott-Hotel* in Springfield zu Gast. Die Menschen dort trugen überwiegend Kleidung aus Stretchstoff und hatten viel Haarspray benutzt. Es gab Hors d'oeuvres und die Getränke kosteten extra. Die Hors d'oeuvres bestanden aus Lyoner und Frischkäseröllchen, Salami und Käsewürfeln an Spießen, Hühnerleber und Bacon. Man konnte regelrecht hören, wie die Blutgefäße verstopften, als Alexanders Anhänger sich darüber hermachten und alles herunterschlangen.

Am Ende des Saals standen Meade und Ronni wie hinter einer imaginären Linie und schüttelten Hände, lächelten, verwünschten die große Regierung und priesen Gott. Ein junger Mann und eine junge Frau, die eindeutig nach College-Kids aussahen, stellten sich vor ihnen auf und redeten mit Alexander. Der Junge hatte rechts ein blaues Auge. Von dort, wo ich stand, konnte ich nicht verstehen, was sie redeten, aber ich sah, wie Ronni heftig Luft holte und Alexander das Gesicht verzog. Er nickte, hob dann den Kopf und schaute im Saal umher, bis er mich entdeckte. Er winkte mich herbei.

Während ich mich auf ihn zubewegte, hörte ich einen Mann in den 40ern mit buntkarierten Freizeithosen sagen: „Man sollte den Leuten, die nicht arbeiten, nicht alles in den Rachen schmeißen …" Und eine Frau mit mächtiger Turmfrisur und blau gerahmten Augengläsern meinte: „Aus dem Darwinismus lässt sich einfach nicht ableiten, dass …"

Ronni schenkte mir ein breites Lächeln. Meade sagte: „Spenser, diese beiden jungen Leute hier haben mir gerade eine ziemlich beunruhigende Geschichte erzählt. Vielleicht finden Sie irgendwo eine ruhige Ecke und reden dort ein paar Worte mit ihnen." Er schaute die beiden an. „Das ist Mr. Spenser, unser Sicherheitschef." Ich bemühte mich, bescheiden dazustehen.

„Und dies ist, äh …"

„John", sagte der Junge. „John Taylor. Das ist meine Verlobte, Melanie Walsh."

Ich sagte: „Wie geht's?", und zog sie in eine Art Abstellraum hinter dem Speisesaal, wo Gläser, Porzellan und ähnliches gelagert wurden. Ich lehnte mich gegen einen Stapel Klappstühle, verschränkte die Arme und fragte: „Also, was ist los?"

Die beiden guckten sich an, dann sagte John: „Wir sind Studenten auf dem American International College. Ich bin in meinem dritten Jahr und Melanie im zweiten. Wir verteilten gestern gerade Flugblätter für Mr. Alexander unten im Verwaltungszentrum, als zwei Männer auftauchten und meinten, wir sollten verduften."

Ich nickte.

„Ich sagte, wir täten schließlich nichts Ungesetzliches, und woher sie das Recht nähmen, von uns zu verlangen, dass wir verduften. Aber sie lachten bloß, und dann schlug einer gegen das Bündel – Melanie hatte so ein Bündel Alexander-Flugblätter in der Hand, und wir verteilten sie, verstehen Sie?"

Ich nickte.

„Also, einer von ihnen schlug Melanie die Flugblätter aus der Hand. Sie fielen auf den Boden, der Wind blies sie überallhin fort und als ich dann etwas sagte, ging der andere auf mich los und schlug mich nieder."

„Johnny sagte zu ihnen, sie sollten mich in Ruhe lassen", fuhr Melanie fort. „Und sie schlugen ihn völlig unvorbereitet, und alle seine Flugblätter flogen auch in der Luft herum."

„Und sie sagten, wenn sie sich hier wieder sehen ließen, dann würden sie uns noch Schlimmeres antun."

„Haben sie euch gesagt, warum sie das getan haben?", fragte ich.

„Nein."

„Würdet ihr sie wiedererkennen?"

„Ganz bestimmt. Aber sie haben gesagt, wenn wir uns an die Polizei wendeten, dann würden sie uns schon finden …"

Ich nickte. „Das ist so ihre Masche", sagte ich.

John meinte: „Ich weiß nicht, Sir." Sah man von dem blauen Auge ab, sah er aus wie ein Chorknabe. Vielleicht ein paar Jahre älter als Paul Giacomin.

„Ihr beiden gehört zu den Wiedergeborenen?"

„Ja, Sir. Ich habe mich vor vier Jahren Jesus geöffnet. Und Melanie fand vergangenes Jahr zu ihm."

„Wie alt waren diese Kerle?"

John schaute Melanie an. Melanie sagte: „Es waren Männer. Erwachsene, wissen Sie. 30, 40 Jahre alt."

John sagte: „Sie haben Melanie beleidigt."

„Auch das gehört dazu", sagte ich. Melanie wirkte eher wie Dolly Parton als wie Aimee Semple McPherson, aber die Seele trägt so manch Gewand. „Ihr habt das Recht, euer Zeug da unten zu verteilen, ohne dass euch jemand belästigt", sagte ich. „Wenn ihr es noch einmal versuchen wollt, dann gehe ich mit euch, und wenn die beiden Herren auftauchen, werde ich mich mal mit ihnen unterhalten."

„Es sind aber zwei", sagte Melanie.

„Ich weiß. Es wird kein fairer Kampf", sagte ich. „Aber vielleicht bringen sie ein paar Freunde mit, um ihren Nachteil auszugleichen."

Die beiden guckten leicht verwirrt.

„Passt mal auf", sagte ich. „Ich kenne mich in diesen Dingen wirklich gut aus. Ich kriege das sicher hin. Wenn ihr wollt, kümmern wir uns um die Sache. Wenn sie sich sehen lassen, kann ich sie sicherlich von der Sündhaftigkeit ihres Tuns überzeugen."

„Ich mag es nicht, wenn sie so was über Melanie sagen", meinte John. „Aber sie waren zu stark für mich."

Melanie sagte: „Ich werde hingehen."

Ich sagte: „Gut", und dann ging ich, um den Fall mit Cambell und Fraser abzusprechen. Und mit Alexander.

„Ich bin nicht sicher, ob das noch unter Personenschutz fällt, Spenser."

„Sicherheit läuft nicht ohne Aufklärungsarbeit, Mr. Alexander. Ich meine, es ist nötig, da einmal nachzusehen. Tommy und Dale werden hier aufpassen. Es ist nur ein bisschen die Straße hinauf. In einer Stunde bin ich zurück."

Cambell ging mit mir bis zum Ausgang. „Sind Sie sicher, dass Sie allein mit zwei Mann fertig werden?"

Ich nickte zur Decke hinauf. „Jemand da oben mag mich", sagte ich.

„Kein Grund, sich über uns lustig zu machen, Spenser", sagte Cambell. „Wir nehmen die Sache ernst."

„Das, was Sie und Fraser hier tun?", fragte ich. Cambell nickte. „Jesus spielt in unserem Leben eine bedeutende Rolle. Nur weil Sie das nicht verstehen, müssen Sie es nicht gleich runtermachen."

Ich nickte. „Ich mache mich immer über alles lustig, Tommy. Auch über mich selbst. Ich hatte nicht vor, jemanden zu kränken."

Jetzt nickte Cambell wieder. „Wir könnten Dale hierlassen, und ich könnte mit Ihnen ins Behördenviertel runterziehen", sagte er. „Ich kann es nicht mit ansehen, wenn so ein nettes Paar wie die beiden einfach herumgeschubst wird."

„Ich auch nicht", sagte ich. „Nächstes Mal sind Sie dran." Wir griffen uns ein paar Broschüren, von deren Deckblatt uns Meade und Ronni Alexander entgegenlächelten. Dann verließen wir das *Marriott* und gingen die Hauptstraße hinauf.

Die Innenstadt von Springfield war dabei, die Spuren

schlechterer Zeiten zu tilgen. Das Hotel war Teil eines neuen Komplexes, genannt Bay State West, zu dem Geschäfte und Restaurants gehörten und von dem Fußgängerbrücken über die Main Street zu *Steiger's* und über die Vernon Street zu den Kaufhäusern *Forbes* und *Wallace* führten. Die Hauptstraße hinauf und hinunter waren weitere Gebäude im Bau, doch die anderen Häuser trugen noch die Zeichen von Armut, erinnerten an typische Einkaufsstraßen in den Vorstädten. Viele von ihnen standen leer und warteten auf die Abrissbirne. Das Schicksal, für welches sie geboren wurden.

An der Ecke Court Street blieben wir stehen, den Rathaus-Komplex im Rücken, und schauten auf das Verwaltungszentrum. Man hatte es offenbar in Gussbeton hochgezogen, jedenfalls bot es diesen Anblick aus quadratischen Blöcken, die während der ersten Stadtsanierungswelle groß in Mode gewesen waren. Vorne grenzte es an die Main Street, links von uns an die East Court Street, und eine Treppe führte hinunter zu einer Plattform, von der aus ein überdachter Übergang über die East Court Street zur dritten Ebene eines Parkhauses führte.

„Wir haben die Zettel da drüben in der Nähe der Treppen verteilt", sagte Melanie.

„Okay", sagte ich. „Ich gehe hinüber zum Parkhaus. Ihr fangt bei der Treppe an, die Zettel zu verteilen, und wenn die Kerle sich sehen lassen, dann zieht ihr euch über die Treppe zurück ins Parkhaus. Ich beziehe dort Posten. Keine Sorge. Ich habe euch die ganze Zeit im Auge."

Die beiden nickten. John schluckte ein wenig. Auf ihm lastete mehr Druck, als auf Melanie. Für ihn stand schließlich etwas von seiner Männlichkeit auf dem Spiel. Jedenfalls dachte er das.

„Tut nichts Unüberlegtes", sagte ich zu John gewandt.

„Ich weiß, du bist sauer und fühlst dich bloßgestellt, weil sie dich und Melanie so herumgestoßen haben. Aber du bist kein Kraftprotz, ich schon."

„Gestern waren es zwei gegen einen", sagte er. „Heute stehen wir gleich."

Er machte dazu ein sehr ernstes Gesicht. Er hatte einen kurzen Haarschnitt mit Linksscheitel. Er trug ein rotkariertes Hemd mit Knopfkragen, eine Chino Hose, rostfarbene Segelschuhe mit Kreppsohlen und einen gelbbraunen Parka mit dunkelgrünem Futter. Er wog wohl um die 70 Kilo. Wahrscheinlich hatte er Rechnungswesen als Hauptfach.

„Hm", sagte ich. „Was studierst du im Hauptfach?"

Er guckte mich überrascht an. „Finanzwissenschaft", sagte er.

Ziemlich nah dran.

Melanie hatte ein schwarzes Kleid mit Karomuster und darüber einen beigen Pullover und einen langen Kamelhaarmantel. Sie trug schwarze Stiefel. Sie sah John an und sagte: „Mach keine Dummheiten, Johnny. Ich möchte nicht, dass man dir wehtut."

„Man kann das doch nicht einfach über sich ergehen lassen", sagte er.

„Das werden wir auch nicht", sagte ich. „Auf geht's!"

Sie gingen zur Treppe. Ich schlenderte zum Parkhaus hinüber. Ich würde schnell reagieren müssen, wenn es so weit war, damit mir John nicht mit seinem Männlichkeitsbeweis zuvorkam. Was war aus „die andere Wange hinhalten" geworden?

Hat man ein Verwaltungszentrum gesehen, dann hat man alle gesehen. Aber das Wetter war für einen Novembertag hervorragend. Sonnig, windstill, an die 20 Grad warm – genau der richtige Tag für eine Rauferei. Ich hatte eine graue

Tweedjacke an, dazu eine schwarze Strickkrawatte und anthrazitfarbene Hosen, und außerdem trug ich meine Smith & Wesson .38 Chief Special mit einer Zwei-Inch-Trommel. Mein Aufzug war durchaus konservativ, aber wenn du eine Jacke Größe 48 trägst, dann ist die Auswahl begrenzt. Vor allem, wenn du darauf bestehst, dass die Sachen entweder aus tierischen oder pflanzlichen Produkten bestehen.

Ich wartete etwa 20 Minuten, bis die beiden Schläger auftauchten.

Ich erkannte sie schon, bevor die beiden Studenten plötzlich erstarrten, zu mir herüberschauten und sich dann schnell wieder umdrehten. Beide Kerle waren übergewichtig, wenn auch nicht direkt fett, und ich wusste, wenn der Kampf länger als fünf Minuten dauerte, dann hatte ich sie. Mit wiegendem Gang gingen sie auf die Studenten zu. Sie sahen zufrieden aus, als dachten sie, dass ihnen nun ein großer Spaß bevorstünde. Einer von ihnen trug eine Seemannsmütze und ein kariertes Flanellhemd, die Ärmel bis zu den Ellbogen aufgerollt. Auf beiden Unterarmen hatte er mit blauer Tinte eine nackte Frau eintätowiert.

Er sagte zu den beiden: „Ihr habt wohl gestern nichts gelernt, was?“ Sein Partner war ein wenig größer und nicht ganz so übergewichtig.

Er hatte schulterlanges Haar, in dem sich schon graue Streifen zeigten.

Melanie fing an, sich zurückzuziehen, die Treppen hinunter und Richtung Übergang. John musste ihr folgen und hielt sich dabei zwischen den beiden Schlägern und Melanie.

„Gute Idee“, sagte der Grauhaarige. „Wir werden uns im Parkhaus unterhalten.“

Der Übergang hatte ein durchsichtiges gelbes Plastikdach, und sie sahen alle etwas gelb aus, als sie ihn überquerten.

Auf Parkebene drei befand sich niemand außer mir, als sie herüberkamen. Die Ebenen waren mit verschiedenen Farben markiert. Meine war grün. Als die vier in dem kleinen Vorraum ankamen, bevor es auf die Parkfläche ging, erwartete ich sie, an die gegenüberliegende Wand gelehnt, gleich neben den Aufzügen, die Arme verschränkt.

„Hallo", begrüßte ich sie.

Der Tätowierte sagte: „Wer, zum Teufel, bist du?"

Ich sagte: „Ich komme vom Büro für ein sauberes Mundwerk. Lasst uns mal hier um die Ecke gehen, dann will ich euch erklären, warum ein gebildeter Mensch nicht flucht."

Der Tätowierte verzog das Gesicht. Er war mit seinem grauhaarigen Kumpel hierhergekommen, um ein paar Collegestudenten ein wenig durchzuschütteln, und nun sah er sich mit einer Situation konfrontiert, die er nicht ganz so gemütlich fand. Vielleicht hatte er längere Zeit keinen Typ Größe 48 durchgeschüttelt. Jetzt war sein Partner dran.

„Bist du'n Cop?"

Ich wandte mich zu den jungen Leuten, und wir bewegten uns, während wir sprachen auf die Parkfläche zu. Die beiden Schläger folgten uns unbewusst. Ich sah zwar nicht wie ein Collegefrüchtchen aus, aber sie waren immerhin zu zweit. Und sie hielten sich für harte Kerle. Da würde es ihnen schwerfallen, einander zu erklären, wieso sie sich von einem einzigen Kerl verscheuchen ließen. Also marschierten sie mit uns ins Parkhaus.

„Ein Cop?", fragte ich. „Nein, nein. Das ist wohl ein Missverständnis. Ich gehöre zu Alexanders Wahlkampftruppe."

Wir waren nun ganz im Parkhaus und befanden uns zwischen zwei Reihen parkender Autos. Niemand sonst war zu sehen.

Der mit den grauen Haaren fing wieder an. „Alexanders

Wahlkampftruppe, he? Na gut, hast wohl gehört, was wir diesen beiden Strebern da erzählt haben. Dasselbe gilt für dich."

„Bist du auch einer von diesen heiligen Brüdern?", fragte der Tätowierte.

„Nein", sagte ich. „Ich bin Spezialist für die Implementierung von Richtlinien."

„Was, zum Teufel, soll das denn bedeuten?", fragte der Grauhaarige.

Ich schenkte ihm ein sanftes Lächeln. „Das ist so: Es gehört zu den Richtlinien unserer Wahlkampagne, dass deren Mitarbeiter nicht belästigt werden dürfen, wenn du verstehst, was ich meine." Ich schob einen Fuß etwas vor, um festeren Halt zu haben.

„Ach so", sagte der Tätowierte wieder. „Und was passiert, wenn's jemand macht?"

Ich versetzte ihm einen linken Haken. Vielleicht den besten linken Haken, der je in Springfield ausgeteilt wurde. Jedenfalls knallte der Kerl gegen einen braunen Buick Electra und rutschte mit weichen Knien an ihm hinunter.

„Implementierung", sagte ich. Und trat dem Grauhaarigen in die Leisten. Er krümmte sich und fiel um. Der Blick des Tätowierten wurde wieder etwas klarer, und er stieß sich von dem Buick ab und sprang auf mich los. Nicht sehr klug. Er landete direkt in einer linken Geraden, die ihn stoppte. Ich wich ein bisschen nach rechts aus, gab ihm eine Rechte über seine Linke, die ihn erledigte. Der Tätowierte landete auf dem Betonboden und blieb dort.

John war gerade dabei, Kampfhaltung anzunehmen, als der Tätowierte zu Boden ging. Ich lächelte ihn an.

„Das ist die Macht der sanften Vernunft", sagte ich.

6

Alexander und ich saßen allein an einem kleinen Tisch in der Ecke des Hauptspeisesaals eines deutschen Restaurants namens *The Student Prince and The Fort.* Es lag an der Fort Street, was vielleicht einen Einfluss auf die Namensgebung gehabt hatte. Was der Rest bedeutete, blieb mir ein Rätsel. Aber das Essen war gut, es gab deutsches Bier, und mir ging es nicht schlecht.

Alexander bestellte Sauerbraten. Ich nahm Wiener Schnitzel. Das Restaurant war eine einzige Ansammlung von Bierkrügen und anderen deutschen Kunsterzeugnissen. Susan und ich hatten dort schon öfters gegessen, wenn sie geschäftlich in Springfield zu tun hatte und ich sie begleitete. Das Essen war gut.

Die Kellnerin brachte uns Bier vom Fass. Alexander schaute in seinen Krug, als suchte er dort eine Botschaft.

„Wollen Sie es in Wein verwandeln?“, fragte ich.

Alexander lächelte gequält. „Ich glaube, das war Wasser. Ich weiß, dass Sie das nicht böse meinen, aber wenn es Ihnen nichts ausmacht, dann möchte ich keine Witze über Jesus mehr hören.“

We are not amused.

Ich trank einen Schluck Bier. Alexander widmete sich wieder dem Studium des seinen.

„Sie werden sich vielleicht fragen, warum ich mit Ihnen allein essen wollte“, sagte er.

Ich nickte.

„Also, erst mal wüsste ich gern, was Sie über die beiden Männer herausbekommen haben, die meine jungen Mitarbeiter belästigt haben.“

„Ich habe herausbekommen, dass sie mit den beiden ihre

Grenze erreicht hatten“, sagte ich. „Mit mir dazu waren sie überfordert.“

„Ich hörte, dass Sie einen Kampf hatten.“

„Kampf ist ein zu starkes Wort. Ich habe sie nur angepustet, und sie fielen um.“

„Wenn schon“, sagte Alexander. „Ich hätte eine andere Methode vorgezogen. “

Ich zuckte mit den Schultern. „Ich war sauer, wie sie mit den beiden umgegangen sind.“

Alexander nickte. „Haben Sie herausbekommen, warum sie das getan haben?“

„Sie erzählten mir, sie hätten von einem ihnen unbekannten Mann 200 Dollar dafür gekriegt, dass sie die beiden belästigten. Und er hätte ihnen noch mehr in Aussicht gestellt, wenn sie bewiesen, dass sie damit fertig würden.“

„Ein fremder Mann hat sie einfach so auf der Straße angesprochen?“

Ich schüttelte den Kopf. „Nicht direkt. Ich habe die Cops aus Springfield angerufen. Diese Typen haben einen gewissen Ruf, wenn es um Kontakte zu, wie sagt man, nicht ganz legalen Kreisen geht. Wenn also jemand aus Boston oder Worcester oder Hartford herkommt und einen billigen Schläger sucht, dann dauert es nicht lange, bis diese Typen davon Wind bekommen.“

„Wollen die beiden jungen Leute Anzeige erstatten?“

„Sie sagten, das würden sie.“

„Und was passiert, wenn diese beiden Männer sie bedrohen oder sogar verletzen, damit sie die Anzeige zurücknehmen?“

„Nein“, sagte ich. „Das werden sie nicht. Ich habe ihnen gesagt, sie sollen es nicht tun.“

Alexander schaute von seinem Bier hoch, von dem er noch

immer nicht getrunken hatte. Er musterte mich eine Minute lang. „Und die Kerle fürchten Sie?“

„Hmm.“

„Na ja, körperlich sind Sie schon eindrucksvoll, aber irgendwie muss noch eine Rohheit in Ihnen stecken, die man Ihnen normalerweise nicht ansieht.“

„Hmm.“

Unsere Kellnerin kam vorbei, blieb stehen und sah meine sehnsuchtsvollen Augen und mein leeres Glas.

„Möchten Sie noch ein Bier, Sir?“, fragte sie.

Ich nickte, und sie trug meinen Krug weg und brachte ihn sehr schnell gefüllt wieder. Alexander hatte seinen noch immer nicht berührt. Wie konnte man so einen Mann respektieren?

Er schaute mich weiter an. Vielleicht suchte er nach meiner verborgenen Rohheit. „Und es gab keine Möglichkeit, zurückzuverfolgen, wer die Kerle angeheuert hat?“

„*Keine Möglichkeit* würde ich jetzt nicht sagen.“ Ich schwieg und probierte mein zweites Bier. Es war um keinen Deut schlechter als das erste. „Man könnte der Sache nachgehen. Man könnte mehr Druck auf die beiden Schläger ausüben. Mag sein, dass sie sich dann besser erinnern. Vielleicht aber auch nicht.“

Alexander faltete die Hände und drückte seine Lippen gegen die Daumengelenke.

„Was ich Ihnen jetzt sage, Spenser, ist absolut privat. Sie dürfen es niemandem erzählen, niemandem.“ Ich wartete.

Er schaute wieder in sein Bier.

„Ich muss mich jemandem anvertrauen. Ich brauche Hilfe. Ich muss Ihnen trauen können.“

Ich wartete weiter. Er schaute wieder mich an. Bohrend. „Kann ich Ihnen trauen?“

„Sicher", sagte ich. „Aber das Vorspiel fängt an, ermüdend zu werden."

Er hielt seinen bohrenden Blick auf mich gerichtet. Er musste Stunden geübt haben, ihn richtig hinzukriegen. Sorgte vermutlich dafür, dass sich bei Spendenaufrufen eine Menge Geldbörsen für ihn öffneten. Dann presste er die Mundwinkel zusammen, lockerte sie wieder und sagte: „Ja. Ich werde Ihnen trauen. Ich muss."

Er erwartete, dass ich Erleichterung zeigte.

Schließlich sagte er: „Ich werde erpresst. Jetzt verstehen Sie, warum ich mich frage, wer diese Gangster geschickt hat. Ich weiß nicht, wer mich erpresst, aber sie wollen, dass ich mich aus dem Rennen nehme und meinen Gegenkandidaten unterstütze."

„Browne", sagte ich. „Ja."

„Sie glauben, er ist persönlich in die Sache verwickelt?"

„Ich weiß nicht", sagte Alexander. „Offensichtlich ist aber er es, der profitiert, wenn ich tue, was man von mir verlangt."

Ich nickte.

„Ich weiß nicht, was ich tun soll", sagte Alexander.

Ich nickte wieder.

„Haben Sie irgendeine Meinung dazu?", fragte Alexander.

„Noch nicht", sagte ich.

Wir saßen da und sahen uns an. Unsere Kellnerin kam mit dem Essen. Wir schwiegen, während sie uns servierte, mein Glas nahm, ging und es voll wieder zurückbrachte und fragte, ob wir noch irgendetwas brauchten.

Alexander sagte: „Nein, danke." Die Kellnerin verschwand. Ich schnitt mir ein Stück vom Wiener Schnitzel ab. „Lecker", sagte ich. Ich spülte es mit einem Schluck Bier hinunter. Es gab Bratkartoffeln und Apfelmus dazu und Schwarzbrot in einem Korb. Ich dachte über die richtige

Reihenfolge nach. Vielleicht nach dem Rotationsprinzip, ein Stück Schnitzel, eine Gabel Bratkartoffeln, ein bisschen Apfelmus, etwas Brot, einen Schluck Bier. Dann das Ganze von vorn. Ja. Das war die beste Methode, aber allzu streng muss man sich nicht daran halten. Ich steckte das nächste Stück Schnitzel in den Mund. Trank dazu einen Schluck Bier. Alexander sah mich noch immer an. Er trank nichts von seinem Bier, aß auch seinen Sauerbraten nicht. Der Mann war doch verrückt.

„Ich muss es Ihnen wohl erzählen, nicht wahr?"

„Wenn ich Ihnen helfen soll, sollten Sie es vielleicht tun", sagte ich. Er schaute hinunter, holte tief Luft, schloss den Mund und hielt die Luft an, und dann atmete er durch die Nase wieder aus. Er legte beide Hände mit den Handflächen nach unten auf den Tisch und pochte einmal mit den gespreizten Fingern auf die Platte. Dann schaute er wieder zu mir hoch.

„Es handelt sich um Mrs. Alexander."

Ich nickte.

„Ich fürchte, sie war indiskret."

Ich nickte wieder.

„Sie hat … sie haben …" Seine Stimme fing an zu stocken, und Tränen traten in seine Augen. Er senkte wieder den Blick und atmete ein paarmal durch, wobei er die Luft scharf ausstieß wie ein Sprinter beim Spurt. Dann schaute er wieder hoch mit seinen nassen Augen und sagte ganz fest: „Es gibt da Fotos."

„Ach du Scheiße", sagte ich. „Verzeihung."

Er begann leicht in seinem Stuhl zu wippen, die Hände immer noch auf der Tischplatte. „Videoaufnahmen", sagte er. Er würgte wieder. „In Farbe." Er stand plötzlich auf und verließ den Tisch in Richtung Herrentoilette. Ich saß da und starrte auf das Essen. Jetzt hatte ich auch keine Lust mehr, weiterzuessen.

Die Kellnerin kam heran und fragte: „Ist irgendwas nicht in Ordnung, Sir?"

„Nicht mit dem Essen", sagte ich, „aber mein Freund fühlt sich nicht wohl. Am besten bringen Sie uns die Rechnung."

„Ja, Sir", sagte sie. „Es tut mir sehr leid."

Sie war schnell da mit der Rechnung. Ich zahlte. Sie ging und brachte das Wechselgeld. Ich gab ihr ein Trinkgeld.

„Danke, Sir", sagte sie. „Ich hoffe, Ihr Freund fühlt sich bald besser."

Ich zuckte mit den Schultern. „Die Wege des Herrn", sagte ich, „sind oft im Dunkeln, aber niemals bequem."

Sie runzelte ein wenig die Stirn, steckte ihr Trinkgeld ein und ging.

7

Als Alexander aus der Herrentoilette zurückkam, war er sehr blass, aber seine Augen waren im Augenblick trocken, und er schien sich wieder unter Kontrolle zu haben.

Ich sagte: „Lassen Sie uns ein paar Schritte gehen."

Er nickte. Wir gingen die Fort Street hinunter. Es war jetzt dunkel und regnerisch, aber nicht sehr kalt. Ich hatte meinen Ledertrenchcoat an, und Alexander trug einen Regenmantel aus Popeline. Es regnete nur leicht, sodass es nicht störend war. Unter anderen Umständen wäre es regelrecht angenehm gewesen, in diesem Regen spazieren zu gehen. Romantisch. Im unteren Teil der Hauptstraße gab es einen Abbruch und eine Baustelle neben der anderen. Die verlassenen Gerüste schimmerten im Regen. Es waren nicht viele Leute unterwegs. Wir wandten uns von der Hauptstraße zum Verwaltungszentrum. Alexander hatte seine Hände in die Taschen geschoben, den Kopf gebeugt, die Augen auf den Gehsteig gerichtet. Er trug einen karierten Hut wie Bear Bryant.

Ich sagte: „Das ist übel. Ich verstehe das. Aber ich habe das Thema nicht angesprochen. Wenn ich Ihnen dabei helfen soll, müssen wir darüber reden."

Alexander sagte: „Ich weiß."

Wir kamen an der Bay State West vorbei. In der Straße waren eine Menge Leute beim Einkaufen. Erholungsshopping.

Ich sagte: „Ich kann das für Sie in Ordnung bringen. Nicht alles. Nicht, wie Sie selbst damit fertig werden, aber den anderen Teil. Ich kann mich um die Erpressung kümmern."

Alexander nickte. Wir gingen an *Johnson's* vorbei. Dunkelgrüne Fassade mit dem Namen in goldenen Lettern. Ein städtischer Autobus hielt an, ein paar Leute stiegen aus und gingen Richtung Innenstadt.

„Es wurde mir per Post ins Haus geschickt", sagte Alexander. „In Fitchburg. Ein Videoband, VHS. Ohne Absender, Bostoner Poststempel." Wir wandten uns zum Court Square und gingen an der Stadthalle mit ihrem Turm vorbei. Mitten auf dem Platz war eine kleine Grünanlage. Es war ruhig. Er hatte zu reden angefangen, und ich wusste, er würde zu Ende reden.

„Ich habe einen VHS-Recorder. Als Ronni einen Abend aus war, habe ich das Band abgespielt."

Wir gingen nach links zum Ende des Platzes, wo es keinen Ausgang gab. Dahinter lief die Schnellstraße. Neben der floss der Fluss, dessen feuchter Duft sich mit der Regennacht mischte.

„Der Film zeigt Ronni und einen jungen Mann beim Geschlechtsverkehr, offenbar in einem Apartment. Zweifellos wusste sie nicht, dass gefilmt wurde."

Am offenen Ende des Court Square sah man jenseits der Main Street das Verwaltungszentrum, glänzend und leuchtend. Seine Lichter glitzerten in den nassen Wänden. Die richtige Art von Regen lässt alles schöner erscheinen. Sogar die vielfarbige Parkgarage sah im sanften Herbstregen attraktiv aus.

„Es gibt aber auch keinen Zweifel, dass es Ronni war. Eine Verwechslung ist nicht möglich. Den jungen Mann habe ich nicht erkannt."

Wir wandten uns wieder nach rechts in die Main Street und gingen weiter, weg vom Hotel. Ich trug keinen Hut. Meine Haare waren nass.

Auf dem Pflaster spiegelten sich die Ampellichter. „Haben Sie mit ihr darüber gesprochen?", wollte ich wissen.

„Nein, sie weiß nichts davon. Sie soll es auch nicht erfahren. Niemals. Es würde ihr das Herz brechen, wenn sie es erführe."

„Ich kann da nicht allzu feinfühlig sein", sagte ich. „Die ganze Sache ist sehr heikel. Wir können da nicht herumschleichen. Ich muss Fragen stellen."

„Ja", sagte er. „Legen Sie los."

„Sie sind überzeugt, dass es sich nicht um einen Pornofilm handelt, in dem sie mitgespielt hat?"

„Ich bin sicher, dass da nicht gespielt wurde."

„Die Leute rennen nicht überall mit Videokameras herum", sagte ich. „Irgendwer hat das inszeniert."

Alexander nickte.

„Der Raum musste genügend ausgeleuchtet sein", sagte ich.

„Es war größtenteils Tageslicht", sagte Alexander. „Eine

ganze Wand des Raumes war verglast, und es war heller Tag. Die Vorhänge waren offen."

„Können Sie … hat sie … gibt es eine Möglichkeit, das Ganze etwas einzuengen?", fragte ich.

Alexander sagte: „Ich verstehe nicht."

Ich holte tief Luft. „Könnten wir versuchen, ihren Partner aufzuspüren, oder kann es irgendwer gewesen sein?"

Alexander blieb stehen, schloss die Augen und drehte den Kopf von mir weg und nach unten, fast so, wie ein Hund, wenn er sich duckt. Er versuchte, etwas zu sagen, konnte es aber nicht. Er versuchte es noch einmal, aber es gelang noch immer nicht. Seine Hände steckten tief in den Manteltaschen, die Schultern hatte er hochgezogen, und er wankte ein wenig, als wenn ihn ein sanfter Wind schaukelte.

Schließlich sagte er: „Ich weiß nicht." Das war kaum mehr eine menschliche Stimme.

„Könnten Sie sie fragen?"

Er schüttelte den Kopf.

Der Wind frischte ein wenig auf, und der Regen schlug jetzt ein wenig schräg in unsere Gesichter. Ich drehte meinen Rücken in den Wind. Alexander stand noch schwankend da, das Gesicht zum Boden gerichtet, er spürte den Regen gar nicht.

„Wenn es so weit kommt", fragte ich, „würden Sie aus dem Wahlkampf aussteigen?"

Ohne aufzuschauen, nickte er wieder.

„Und Sie würden ihr nie sagen, warum?"

Nicken.

„Und Browne unterstützen?"

Nicken.

„Ich habe gehört, Browne habe mit der Mafia zu tun."

Nicken.

„Und Sie würden ihn unterstützen?“

Alexanders Schultern fingen an, sich zu schütteln. Er hob sein Gesicht. Tränen rannen aus seinen zusammengekniffenen Augen und liefen sein Gesicht hinunter.

„Ja“, sagte er. Seine Stimme zitterte, aber ich hörte eine Energie aus ihr, die ich bisher nicht gekannt hatte. Er richtete sich etwas auf und hörte auf zu schwanken. Der Regen wurde stärker und auch der Wind. Das war kein Regen mehr, in dem sich angenehm spazieren ließ. Auch unter anderen Umständen nicht. Es war kälter geworden, so, als hätte sich der November seiner selbst besonnen. Wir waren allein auf der Straße, durch die der Wind den Regen trieb.

Blow, winds, and crack your cheeks!

„Ich würde den Satan unterstützen, um sie zu schonen“, sagte Alexander.

Ich nickte. „Ich auch“, sagte ich.

8

Es war fast Mitternacht, als wir das *Marriott* wieder erreichten.

Tropfnass marschierten wir hinein und hinterließen ein paar kleine Pfützen im Fahrstuhl. Vor der Tür zu seiner Suite hielt Alexander und schaute mich an. Seine Augen waren ein wenig gerötet, aber sonst hatte er sich wieder gefangen.

„Während der Ferien sind wir wieder in Washington. Über Weihnachten wird der Wahlkampf ausgesetzt“, sagte Alexander.

Ich nickte.

„Ich möchte, dass sie davon verschont wird“, sagte er. „Merken Sie sich, dass das Vorrang hat. Es ist die einzige absolute Vorschrift, die ich Ihnen mache. Sie muss davon verschont werden."

Ich nickte.

„Und sie darf nichts davon erfahren."

Ich nickte.

Alexander hielt mir seine Hand hin. Ich nahm sie. Wir schüttelten uns die Hände. Danach blieb Alexander noch eine Minute lang stehen und hielt meine Hand fest. Er wollte sprechen, stockte, begann wieder, und dann schüttelte er den Kopf und ließ meine Hand los. Ich nickte.

„Ich muss Ihnen vertrauen", sagte er. „Mir bleibt keine andere Hoffnung."

Dann betrat er seine Suite, und ich ging eine Tür weiter zu dem Zimmer, das sich Cambell und Fraser teilten. Als Fraser öffnete, sagte ich zu ihm: „Alexander ist zurück. Ich gehe zu Bett."

Fraser nickte, schloss die Tür, und ich ging in mein Zimmer auf der anderen Seite von Alexanders Suite.

Am Morgen sagte Alexander zu Cambell und Fraser, dass ich für ihn einen Spezialauftrag übernommen hätte und nun die volle Verantwortung für die Sicherheit wieder bei ihnen läge. Ich mietete mir einen Wagen und fuhr die 140 Kilometer zurück nach Boston, direkt zum Morrisey Boulevard. Es war 10:40 Uhr, als ich den Wagen auf den Gästeparkplatz vor dem *Globe* lenkte. Es war 10:50 Uhr, als ich auf dem ungemütlichen Stuhl neben Wayne Cosgroves Schreibtisch in der Redaktion saß.

„Möchtest du mich besuchen", fragte Cosgrove „oder arbeitest du als Spion für den *Columbia Journalism Review*?"

„Nein, ich bin gekommen, um mich über die liberale Haltung der Bürokräfte des *Globe* zu beschweren, und sie haben mich zu dir geschickt."

Cosgrove nickte. „Ja“, sagte er, „solche Beschwerden gehören zu meinem Aufgabenbereich.“

„Gut, und was hast du dazu zu sagen?“

„Leck mich.“

„Na so was“, sagte ich, „du musst hauptberuflich mit Wörtern zu tun haben.“

Er grinste. „Magst du mir jetzt, wo das Vorgeplänkel erledigt ist, sagen, was dich zu mir führt?“

„Ich möchte alles, was du über Robert Browne hast.“ Cosgrove war groß und schlank mit lockigem Haar, Brille und einem blonden Bart. Er trug einen dreiteiligen Anzug aus dunkelbraunem Tweed, ein dunkelgrünes Hemd und eine schwarze Strickkrawatte. Die Weste trug er offen, und das grüne Hemd hing lose über seiner Gürtelschnalle.

„Den Kongressabgeordneten?“

„Ja.“

„Warum?“

„Das geht dich nichts an.“

„Mann, wie kann ich da widerstehen?“, sagte Cosgrove. „Du bist so charmant, wenn du etwas brauchst.“

„Kannst du mir das raussuchen? Du hast schließlich Zugang zum Computer. Wie lange kann das schon dauern?“

„Ja, sicher, ich kann die Sachen besorgen. Aber als einer, der im Nachrichtengeschäft tätig ist, frage ich mich dann doch, ob ich da nicht eine Story an einem Typen wie dir erschnüffle, der alles über einen Kongressabgeordneten der Vereinigten Staaten wissen will.“

„Über einen Senatsaspiranten“, sagte ich.

„Senatsaspiranten? Jesus, Maria. Willst du einen Job auf der Kommentarseite?“

„Ich muss alles über Browne wissen, was es gibt“, sagte ich. „Und ich möchte dir nicht erzählen, warum. Vielleicht erzähle ich es dir nie, und es wäre mir recht, wenn niemand erführe, dass ich daran interessiert war."

„Also, das klingt ja nach einem mächtig guten Geschäft für mich", sagte Cosgrove. „Wir treffen uns heute Abend irgendwo, sagen wir gegen 18:30 Uhr, und ich bringe mit, was ich gefunden habe."

„In der Bar vom *Ritz*", sagte ich. „Ich zahle."

„Das solltest du", sagte er. Das Telefon klingelte, und Cosgrove hob ab. Ich stand auf, winkte ihm auf Wiedersehen und ging hinaus.

Ich fuhr meinen Mietwagen in die Garage und marschierte in mein Büro. Es regnete noch immer ohne Unterbrechung. Es war jetzt kalt und gar nicht mehr gemütlich. Im Büro hing ein Geruch von Leere, und ich öffnete beide Fenster, während ich mit der anderen Hand die Post durchblätterte. Gegenüber war meine Werbefrau bei der Arbeit, und ich blies ihr einen Kuss durchs Fenster. Sie lächelte und winkte. Die Post war es nicht wert, geöffnet zu werden. Ich warf alles in den Papierkorb. Vielleicht sollte ich mich darum kümmern, dass meine Adresse nicht mehr gedruckt wird? Aber was wäre, wenn ich das täte, und niemanden kümmerte es? Ich hörte den Anrufbeantworter ab. Keine Nachrichten. Ich setzte mich in meinen Drehstuhl, zog meine Flasche irischen Whiskey heraus und genehmigte mir einen Schluck. Durch das Fenster hinter mir blies mir die nasskalte Luft ins Genick. Ich dachte über Mittagessen nach. Ich schaute auf meine Uhr. 12:25 Uhr. Ich nahm noch einen Schluck aus der Flasche. Ich warf einen Blick auf Susans Bild auf dem Schreibtisch. Sogar noch durch den Filter einer Kamera konnte ich ihre Kraft spüren. Wo immer sie war, verschmolzen die Dinge um sie herum. Ich prostete ihr mit der Flasche zu.

„Wie ein Krug in Tennessee", sagte ich laut.

Ich trank den nächsten Schluck und schaute wieder auf meine Uhr. Fast 12:30 Uhr. Ich schraubte die Flasche wieder zu und stellte sie weg. Essenszeit.

Ich ging hinunter in ein mexikanisches Lokal an der Newbury Street. Es hieß *Acapulco.* Ich bestellte Enchiladas und trank dazu drei Flaschen Carta Blanca. Danach marschierte ich zu meiner Wohnung an der Marlborough Street, schloss auf und lüftete. Ich fand einen Brief von Paul Giacomin. Am College lief alles bestens. Er wollte Thanksgiving mit mir feiern und würde dazu vielleicht eine Freundin mitbringen.

Whiskey, Enchiladas, und Bier, das garantierte einen eher müden Nachmittag. So lag ich um 13:15 Uhr auf meinem Bett und las „Legenden der Leidenschaft". Gegen 13:30 Uhr gönnte ich meinen Augen einen Moment Ruhe, und um 15:20 Uhr wachte ich wieder auf, das Buch noch aufgeklappt auf meiner Brust und mit dem schweren Geschmack leerer Kalorien im Mund. Ich stand auf, duschte, zog Trainingshosen und eine wasserdichte Jacke an und lief eine Stunde lang die Charles Street hinunter, bis mein Kreislauf wieder in Schwung und der Nachmittagsschlaf abgebüßt war. Später ging ich noch in den *Harbor Health Club* und trainierte am neuen Nautilusgerät, bis ich sicher war, nun alles wiedergutgemacht zu haben, und es Zeit wurde, mich mit Wayne Cosgrove zu treffen.

Frisch geduscht und rasiert erschien ich, angenehm erschöpft, um 18:20 Uhr in der Bar des *Ritz*. Ich hatte mich für das *Ritz* fein gemacht, weil es noch zu den wenigen Lokalitäten in der Stadt gehört, wo Krawattenzwang herrscht und Jeans nicht zugelassen sind. Ich hatte mein brandneues Kordsakko mit Lederknöpfen an, dazu ein Hemd mit Tattersall-Karo und eine dunkelblaue Strickkrawatte, die auf das blaue Muster im Hemd abgestimmt war. Ich zog meinen

Ledermantel aus, als ich die Lobby des *Ritz* betrat, und warf einen prüfenden Blick in den Spiegel in der Nähe der Bar. Mit meiner grauen Hose und den Schuhen aus Cordovanleder war ich bereit, mich hier dauerhaft ausstellen zu lassen. Mein Revolver steckte unsichtbar hinter der rechten Hüfte. Ich hatte auch schon mal darüber nachgedacht, mir ein Holster aus Tweedstoff zuzulegen, aber das würde meiner Ansicht nach meine Glaubwürdigkeit mindern.

Die Bar war nur schwach besucht. Ich wählte einen Tisch am Fenster, durch das die Leute von der Arlington Street hereinschauen und sich vorstellen konnten, dass ich hier saß und große Geschäfte abschloss. Cosgrove war noch nicht da. Beim Ober bestellte ich ein Rolling Rock Extra Pale in einer dieser Flaschen mit den langen Hälsen. Aber sie hatten keins. So musste ich mich für Budweiser entscheiden. Sogar die Bar im *Ritz* hält ab und zu Enttäuschungen bereit.

Ich hatte die erste Schale Erdnüsse schon auf und dazu drei Flaschen Budweiser, als Cosgrove auftauchte. Er hatte dieselben Sachen an wie in der Frühe, nur dazu noch einen langen karierten Wollschal. Unter dem Arm trug er einen großen, dick gefüllten Umschlag.

„Tut mir leid, dass ich zu spät komme“, sagte er. „Wenn man sich im *Ritz* trifft, muss man natürlich vorher nach Hause und sich die Zähne putzen.“

„Macht nichts“, sagte ich. „So hatte ich mehr Erdnüsse für mich.“

Cosgrove setzte sich und reichte mir den dicken Umschlag. Der Ober erschien. Cosgrove sagte: „Martini, nur umgerührt, nicht geschüttelt, mit einem Streifen Zitronenschale.“

„Keine Olive?“, fragte ich.

„Nur ein verdammter Hornochse tut eine Olive in den

Martini", sagte Cosgrove. „Oliven sind in einer Salzlake eingelegt, das ruiniert den Geschmack."

„Ich glaubte, das hätte schon die Mischung aus Gin und Wermut besorgt."

Cosgrove zuckte mit den Schultern. „Du hast wirklich keinen Geschmack", sagte er.

„Wie du unter Beweis stellst", sagte ich. „Wozu der Schal?"

„Um Straßenräuber zu strangulieren", sagte Cosgrove. „Du arbeitest noch für Meade Alexander?"

„Bist fleißig gewesen", sagte ich.

„Noch dabei?"

„Ja."

„Deswegen brauchst du das Zeug über Browne?"

„Kein Kommentar."

Der Ober brachte Cosgroves Getränk und eine neue Schale Erdnüsse. Er schaute mich an. Ich schüttelte den Kopf. Mein Abbüßen hatte gerade für eine halbe Stunde gereicht.

Als der Ober gegangen war, nahm Cosgrove einen Schluck von seinem Martini, zeigte sich zufrieden, stellte das Glas nieder und sagte: „Keinen verdammten Kommentar? Du arbeitest seit einer Woche für einen Politiker und kommst mir mit dem verdammten ‚Kein Kommentar'?"

„Du hast recht", sagte ich. „Das ist peinlich. Frag mich noch mal."

„Versuchst du im Auftrag von Alexander etwas über Browne herauszufinden?"

„Ich werde nicht auf die Frage antworten", sagte ich, „und wenn du mich noch mal fragst, schlag ich dir die Zähne ein."

Cosgrove nickte. „Schon besser", sagte er. Er trank wieder von seinem Martini. „Wie geht's Susan?", fragte er.

„Ist unterwegs", sagte ich.

Cosgrove wollte etwas sagen, sah mich an, stockte und

sagte dann: „Ich hätte nicht gedacht, dass Meade Alexander dein Stil ist."

„Ich glaube nicht, dass er es ist", sagte ich.

„Andererseits", sagte Cosgrove, „wer ist schon dein Stil außer diesem gottverdammten afrikanischen Killer, mit dem du überall herumhängst."

„Hawk", sagte ich. „Ich richte ihm aus, dass du das gesagt hast."

„Diese Aussage basiert auf profundem Hintergrundwissen", sagte Cosgrove. „Wie kommst du dazu, für Meade Alexander zu arbeiten?"

„Er hat das beste Angebot gemacht."

„Wie geht's Mrs. Alexander?"

„Gut."

„Habe gehört, sie trinkt ein wenig."

„Tun wir das nicht alle?", fragte ich. „Weißt du sonst noch was Erwähnenswertes über die Alexanders?"

„Gibt es hiernach noch ein Abendessen?"

„Sicher."

„Dann werde ich darüber nachdenken", sagte er und trank noch einen Schluck Martini.

9

Wir gingen ins Restaurant.

„Ronni Alexander trinkt. Das wissen wir beide", sagte Cosgrove. „Sie trinkt zu viel, und wenn sie das tut, wird sie ausgelassen und manchmal gemein. Als ich in unserem Washingtoner Büro war, wurden häufig Witze darüber gerissen."

„Ist mir schon aufgefallen", sagte ich. „Aber warum habe ich nie etwas darüber gelesen?"

Cosgrove aß von seinem Fisch. „Wir verbreiten Nachrichten, keinen Tratsch. Wenigstens versuchen wir das. Die Tatsache, dass die Frau von einem Kongressabgeordneten säuft, ist keine Nachricht, es sei denn, sie kommt dadurch in eine Lage, die eine Nachricht abgibt, verstehst du?"

„Und ich vermute mal, dass das bis jetzt nicht der Fall war."

„Nicht, dass ich wüsste. Sie leben in Georgetown. Sie hat sich nicht häufig in der Öffentlichkeit mit ihm gezeigt. Und wenn sie es tat, hat sie sich für gewöhnlich gut benommen. Außerdem waren seine Leute sehr wachsam."

„Keine anderen Skandale?"

Cosgrove schüttelte den Kopf. „Keine."

„Was für eine Art Kongressabgeordneter ist Alexander?"

Cosgrove nippte am Weißwein. „Eine Katastrophe", sagte er. „Er gehört tatsächlich zu diesen wiedergeborenen christlichen Fundamentalisten. Und das macht ihn beschränkt. Seine Forderungen werden derart von seinen Überzeugungen beherrscht, dass er für die Gesetzgebung nicht viel taugt. Außerdem ist er nicht gerade ein großer Denker. Bei komplizierten Fragen wird er gleich ungeduldig, weil er sie nicht versteht. Oft weiß er nicht einmal, dass sie eben kompliziert sind."

„Wie stehen seine Chancen, in den Senat gewählt zu werden?"

„Es ist möglich."

„In Massachusetts? Ich dachte, das wäre der liberalste Staat im Lande."

„Das kann man in den überregionalen Blättern lesen, weil wir 1972 für McGovern gestimmt haben. Aber das ist Blödsinn. Einige sind Liberale, einige Konservative. Aber die allgemeine Grundstimmung in unserem Staat, wie das die politischen Analytiker ausdrücken würden, ist aktuell konservativ: solide, bodenständig, zurück-zu-den-alten-Werten-und-Wahrheiten – dieser ganze Scheißdreck. Bobby Browne ist ein traditioneller Liberaler: soziale Reformen, Finanzpolitik, Bundesaufträge, Keynesianismus. Ein Demokrat nach New-Deal-Muster." Cosgrove zuckte mit den Schultern. „Die meisten Leute scheißen darauf. Wenn einer 20 Prozent Zinsen zahlen muss, verlangt er eine Wende. Browne ist bloß eine Fortführung der alten Muster. Ich meine, Eddi Moore hat ihn sogar selbst als Nachfolger ausgesucht, als er beschloss, sich zur Ruhe zu setzen."

Ich hatte gegrillte Jakobsmuscheln mit Zitronenbutter bestellt. Ich aß ein wenig davon.

„Glaubst du deswegen, dass Browne Grund zur Sorge hat?"

„Ja."

„Hinter wem steht die Zeitung?"

„Hinter Browne natürlich. Himmel noch mal, Spenser. Meade Alexander hat schon mal gefordert, dass an den öffentlichen Schulen die Evolutionslehre nicht mehr gelehrt werden darf."

Ich nickte.

„Ich meine, ein Senator der Vereinigten Staaten sollte sich den Kopf darüber zerbrechen, wie wir einen Atomkrieg verhindern können. Und Alexander macht sich Sorgen wegen Unisex-Toiletten und über Arschwackel-Serien im Fernsehen."

„Ist er ehrlich?", fragte ich.

„Wer, Browne oder Alexander?"

„Beide."

„Alexander ist ehrlich. Er meint es so ehrlich, dass einem die Zähne wehtun. Von Browne weiß ich es nicht. Die meisten von seiner Art sind es nicht. Ehrlichkeit wird in Bezug auf die Volksvertreter überbewertet."

„Wie steht es mit Farell?"

Cosgrove grinste. „Old Fix. Fix hält sich für John Wayne, trägt eine verdammte Kanone mit sich rum. Aber zurzeit hat er Oberwasser. Die Welt ist dabei, sich Fix' Standpunkt zu nähern. Falls er einen hat. Er hat 22 Jahre lang den Hausfaschisten im Stadtrat gespielt. Er glaubt an Statistiken, an das Einfordern von Gefallen und an das Begleichen von Schulden. Ans Sich-Revanchieren. Er glaubt ans Druck-Ausüben, ans Festhalten-und-zum-Zuhören-zwingen und an Demagogie. Als Alexander auf der Bildfläche erschien, um sich für den Senat aufstellen zu lassen, hat sich Fix gleich an ihn drangehängt. Diese ganze Frömmelei kommt Fix sehr zupass, und wenn Alexander es schafft, wird sich die Lage von Fix schlagartig verbessern. Eines muss man ihm lassen, er weiß, wie das in der Politik läuft."

„Er nennt deinen Arbeitgeber ‚Bostoner Klümpchen'."

Cosgrove grinste wieder. Das gefiel ihm. „Ja, ich weiß. Man muss ihn einfach lieben, den alten Fix. Er ist nahezu perfekt."

Cosgrove trank seinen Wein aus. Der Ober räumte unser Geschirr ab und empfahl uns ein Dessert. Wir lehnten ab.

„Brandy", sagte ich.

„Gern. Trinken wir ihn in der Bar? Da fühl ich mich gleich, als würde ich zur gehobenen Klasse gehören."

Ich zahlte unsere Rechnung, und wir gingen zurück in die Bar. Sie war jetzt voller. Die Tische waren besetzt, also setzten wir uns an die Theke. Cosgrove bestellte einen Galliano. Ich einen Brandy mit Soda.

„Das Gute an Fix ist: Er weiß, dass er ein Tölpel ist. Hält sich daher im Hintergrund, wenn Alexander dem *Dover-*

Sherburne Republican Club etwas erzählt. Lässt Westin mit der Presse umgehen. Fix weiß, wenn die Freunde der Wenham-Bibliothek auch nur zehn Minuten mit ihm verbringen würden, würden sie die Polizei rufen."

Cosgrove trank seinen Galliano, setzte das Glas ab und schaute auf die Uhr.

„Ich muss los", sagte er. „Mary kommt um 21:00 Uhr vom Unterricht nach Hause."

Ich nickte.

Cosgrove sagte: „Wenn du mir irgendetwas über Browne oder Alexander oder irgendwen erzählen willst, ruf mich an, Kumpel. Du weißt, wo du mich findest."

Ich nickte wieder. „Wir bleiben in Verbindung", sagte ich. Cosgrove ging, und ich saß an der Bar und trank den nächsten Brandy mit Soda. Aber ich habe noch nie gern allein in Bars gesessen, also trank ich aus, zahlte und ging nach Hause.

10

Der Regen hatte aufgehört. Die Straßen waren trocken. Ich saß in meinem Büro, durch dessen Fenster die Morgensonne hereinschien, und studierte die Zeitungsausschnitte, die Kopien und Computerausdrucke, die Wayne Cosgrove für mich zusammengestellt hatte. Im Büro war es ruhig.

Ich wusste nicht, wonach ich suchen sollte. Ich hoffte, darauf zu kommen, wenn ich es in der Hand hatte. Das Bündel enthielt Interviews mit Browne, Redentexte, Leitartikel über ihn, Kommentare, die über seine Zukunft spekulierten, seine Leistungen bewerteten, Berichte über seine Beteiligung bei Abstimmungen und seine Vorgehensweisen, Fotos von Browne beim Durchschneiden von Bändern und beim Pflanzen von Bäumen.

Ich fühlte mich wie beim Pauken für das Examen in einem Fach, das ich nicht mochte. Mir wurde es zu warm im Büro. Ich öffnete das Fenster einen Spalt, und der November zog mir kalt über den Rücken. Ich schloss das Fenster. Die Lektüre dieser Masse von Nachrichten und Berichten über Brownes Karriere wurde so eine Art Tauchkurs in Sachen Politik. Beim Lesen wurde mir auch klar, dass niemand das Ganze ernstnahm, in dem Sinne, wie man zum Beispiel die Liebe ernst nimmt. Sie nahmen es alle so ernst, wie etwa ein Baseballspiel. Registriert wurde, wie einer auftrat, welche Fehler gemacht wurden, wie bei Wahlen abgeschnitten, nach Punkten gewonnen und verloren wurde. War Browne gut oder schlecht? War das, was er tat, gut für die Leute oder schlecht? Diese Fragen verschwanden hinter einer alles glattbügelnden journalistischen Objektivität. Für Spannung sorgten eher die Fragen: Würde er die nächsten Wahlen gewinnen oder verlieren? War seine Arbeit in der Legislative darauf angelegt, seine Chancen zu erhöhen, oder würde sie ihm schaden? Bedeutete eine Abstimmung im Kongress eine Niederlage für den Präsidenten – war sie ein Sieg und untermauerte den Führungsanspruch des Hauses? Sogar die Leitartikel neigten dazu, die Politik mit Begriffen aus der Welt des Wettkampfs zu belegen. Was zählte, waren Sieg oder Niederlage.

Zur Mittagszeit verließ ich mein Büro und besorgte mir ein Roastbeef-Sandwich mit Chutney und Vollkornbrot, und eine Tasse schwarzen Kaffee. Ich nahm alles mit in mein Büro. Dort aß ich schweigend, trank meinen Kaffee und schaute hin und wieder zu Susans Foto auf meinem Schreibtisch hinüber. *Liebste, lass uns einander treu sein!* Ich las noch ein paar Reportagen, betrachtete Fotos von Browne bei Schiffstaufen und Wohltätigkeitsfesten. Ich las sogar einige von seinen Reden. Irgendwer, vielleicht Adlai Stevenson, hat einmal gesagt, der Wunsch, gewählt zu werden, disqualifiziere einen für den Job. Ich las ein paar Auszüge aus dem *Congressional Record.* Ich las einen Leserbrief Brownes an das *Worcester Telegram.* Ich sah mir ein Foto von Browne an, wie er einem Pfadfinder die Hand schüttelte. Ich studierte die ADA-Beliebtheitsskala, auf der Browne nicht schlecht platziert war.

Um 14:30 Uhr zog ich wieder los und holte mir die nächste Tasse schwarzen Kaffee in mein Büro. Ich las weiter. Was waren das für Menschen, die in die Politik strebten? War es möglich, ein anständiger Mensch zu sein und dabei Politik zu machen? Wahrscheinlich nicht. Ich trank etwas Kaffee. Schwenkte meinen Stuhl und starrte aus dem Fenster. Wahrscheinlich war es gar nicht möglich, ein anständiger Mensch zu sein und dabei irgendetwas zu tun. Die Nachmittagssonne spiegelte sich in den Fensterscheiben gegenüber, und ich konnte nicht hineinsehen. Ich wusste also nicht, ob meine Werbefrau heute da war. Vielleicht konnte sie mich sehen. Ich winkte, nur für den Fall. Vielleicht war es auch nichts wert, wenn man ein anständiger Mensch war. Es schien einem jedenfalls nicht viel einzubringen. Man landete am Ende am selben Ort wie die schlechten Menschen. Manchmal sogar in einem billigeren Sarg.

Ich betrachtete wieder Susans Foto. Ich trank den Kaffee aus und warf den leeren Becher in den Papierkorb.

„Die See des Glaubens hat Ebbe, Liebste", sagte ich laut zu ihrem Bild. Das Foto lächelte sein elegantes und teuflisches Lächeln, ohne einen Kommentar abzugeben.

Es war ungefähr 16:15 Uhr, da sah ich es, und als ich es sah, da wusste ich es. Es war ein Foto von Robert Browne in einer Gruppe von Männern und Frauen. In der Bildunterschrift hieß es, dass es nach einer Rede auf einer Wohltätigkeitsveranstaltung 1978 in Rockland aufgenommen worden sei. Browne lächelte und schüttelte Hände mit einem wohlbeleibten weißhaarigen Mann im Zweireiher. Brownes Frau stand neben ihm und lächelte ebenso sehr wie er. Im Hintergrund standen lauter gutangezogene Frauen und Männer, und unter ihnen war ein Gesicht, das ich kannte. Vinnie Morris.

Vinnie Morris arbeitete für Joe Broz. Das Interessante daran war, dass Broz der uneingeschränkte Chef einer großen und ziemlich erfolgreichen Organisation war. Vinnie war sozusagen der Assistent der Geschäftsleitung.

Ich wollte „Oho“ rufen. Aber es hätte ziemlich seltsam geklungen in dem leeren Büro. Vielleicht sollte ich mir auch einen Assistenten engagieren, damit mich jemand hörte, wenn ich „Oho!“ rief. Vielleicht genügte auch schon ein Hund. Ich könnte meinen wissenden Blick auf den Hund werfen und „Oho!“ sagen, und der Hund würde mit dem Schwanz wedeln, und ich würde ihm einen Hundekuchen geben.

Vinnie war Broz’ Werkzeug. Er lebte kein eigenes Leben. Wenn er bei Brownes Wohltätigkeitsveranstaltung war, dann nur, weil Broz ihn dorthin geschickt hatte. Wenn Broz ihn geschickt hatte, dann ging es um ein Geschäft. Broz hatte an Politik dasselbe Interesse, wie Exxon an Ölquellen.

Ich notierte mir *Joe Broz* auf einem Stück Papier und las weiter. Ich las bis 21:15 Uhr und fand nichts mehr. Ich stopfte alle Ausschnitte, Kopien und Fotos in den dicken Umschlag zurück und schob ihn in die unterste Schublade meines Aktenschranks. Dann setzte ich mich wieder an meinen Schreibtisch und betrachtete meine Notizen. Joe Broz. Nicht gerade viel für zwölf Stunden Recherche.

Ich steckte die Notiz in meine Tasche, stand auf und blickte aus dem Fenster auf die dunkle Straße und die leeren Gebäude. Ich war hungrig. Ich zog meine Flasche irischen Whiskey hervor und nahm einen Schluck. Ich war noch immer hungrig. Ich schraubte die Flasche zu, stellte sie weg und ging nach Hause. Ich machte mir ein Steak, trank eine Flasche Rotwein und ging ins Bett. Der Wein half mir beim Einschlafen, aber nicht dabei im Schlaf versunken zu bleiben. Um 3:30 Uhr wachte ich auf und konnte nicht mehr einschlafen und hing meinen zusammenhanglosen Gedanken über Leben und Tod nach, bis es dämmerte.

11

Der Morgen war klar, kalt und hell. Ich kaufte mir einen Maismehl-Muffin und einen großen schwarzen Kaffee im *Dunkin' Donut* an der Boylston Street, stellte mich davor an der Ecke Exeter Street auf und frühstückte. Es war früh. Die Leute zogen, sauber rasiert und frisch parfümiert, an mir vorbei zur Arbeit. Sie hatten es alle eilig, als kämen sie schon zu spät. Ich warf meinen leeren Becher in den Müllkübel und schlenderte die Boylston hinunter. Hinter meinem Büro schwenkte ich in die Berkeley Richtung Polizeipräsidium. Es war kurz nach acht, als ich Martin Quirks kleinen Arbeitsplatz in der Mordkommission betrat.

Quirk sah aus, als sei er schon seit Stunden an seinem Platz. Er hatte die Ärmel hochgekrempelt und die Krawatte gelockert. Auf dem Tisch stand ein halbleerer Behälter mit Kaffee. Als ich eintrat, nickte Quirk mir zu.

Ich sagte: „Guten Morgen, Martin."

Sogar mit seiner lockeren Krawatte und seinen aufgerollten Ärmeln sah Quirk aus wie immer: wie aus dem Ei gepellt. Als käme er geradewegs aus dem Schönheitssalon. Sein dichtes schwarzes Haar war kurz und gerade geschnitten. Er war frisch rasiert. Sein Hemd blütenweiß und mächtig gestärkt. Seine grauen Hosen hatten exakte Bügelfalten, und der blaue Blazer, der am Türhaken auf einem Bügel hing, zeigte nicht einen Kniff.

Er sagte: „Kaffee gefällig?"

Ich sagte „Ja", und er marschierte in den großen Büroraum, holte eine Tasse und Nachschub für sich selbst.

„Wie geht's Susan?", fragte er, als er wieder hinter seinem Schreibtisch angelangt war.

„Sie ist unterwegs", sagte ich. Er nickte.

Ich sagte: „Ich würde gern mal einen Blick in Ihre Akte über Joe Broz werfen."

„Das gehört zur Abteilung Organisiertes Verbrechen", sagte Quirk. Er trank einen Schluck Kaffee. Seine Hände waren sehr dick und die Finger lang und stumpf.

„Ich weiß", sagte ich. „Ich habe dort keine Freunde."

„Und Sie glauben, hier haben Sie Freunde?", fragte Quirk.

„Alles ist relativ", sagte ich. „Schließlich wissen Sie, wer ich bin."

„Wie schön", sagte Quirk. „Warum wollen Sie sie sehen?"

„Ich glaube, er hat einen Politiker in der Hand."

Quirk grinste. „Jeder hat das", sagte er. „Warum nicht Joe?"

„Ich möchte einen Beweis dafür."

„Das wollen wir alle. Erzählen Sie mir mal ein bisschen. Wenn es überzeugend klingt, besorge ich Ihnen die Akte, und Sie können sich hierher setzen und sie lesen."

Ich lehnte mich ein wenig zurück, legte einen Fuß auf die Ecke von Quirks Schreibtisch und erzählte. Er hörte mir zu, ohne mich zu unterbrechen, die Hände hinter dem Kopf gefaltet, mit ausdruckslosem Gesicht.

Als ich fertig war, sagte er: „Die Namen von den beiden Kerlen, die Sie in Springfield aufs Kreuz gelegt haben, kann ich Ihnen besorgen."

„Und?"

„Und?" Quirk runzelte die Stirn. „Du lieber Himmel, werden Sie senil? Und dann können Sie mit ihrer Hilfe vielleicht mehr erfahren. Vielleicht sind sie ja losgeschickt worden, Alexander daran zu erinnern, dass der Erpresser, wer immer es sein mag, es ernst meint. Eine Botschaft also."

Ich nickte.

„Ach ja", sagte ich, „‚Glaub nicht, dass ich es nicht ernst meine, du siehst, wozu ich imstande bin.' So in der Art."

Quirk lächelte. „Da sehen Sie es, wenn Sie sich etwas anstrengen, dann klappt's."

„Okay, besorgen Sie mir die Namen. Vielleicht lohnt es sich, noch einmal mit ihnen zu reden. Und was ist mit der Akte? Geben Sie mir etwas, mit dem ich mich beschäftigen kann, während Sie Springfield kontaktieren."

Drei Stunden hockte ich über der Akte, die die Abteilung Organisiertes Verbrechen über Joe Broz angelegt hatte. Ich suchte nach Zusammenhängen zwischen Browne und Broz. Ich fand keine. Den einzigen Zusammenhang, den ich fand, gab es zwischen Alexander und Broz. Broz' ältester Sohn studierte an der Universität von Georgetown. Während der Sitzungsperioden des Kongresses lebte Alexander in Georgetown. Das sah nicht gerade nach einem Anhaltspunkt aus.

Als ich ging, sagte Quirk: „Wie kommt's, dass Sie mich nicht gebeten haben, das alles für mich zu behalten?"

„Ich nahm an, das wäre nicht nötig", sagte ich.

Quirk reichte mir ein Blatt Papier mit zwei Namen und Adressen. „Die beiden Kerle aus Springfield“, sagte er. „Ich habe den Cops in Springfield erzählt, dass Sie mir inoffiziell bei ein paar Nachforschungen helfen.“

„Na ja, das ist doch fast die Wahrheit“, sagte ich.

„Sicher ist es das“, sagte Quirk. „Sie haben mir, während ich nicht im Büro war, nicht mal meine Jacke gestohlen. Wenn das keine Kooperation ist, was dann?“

„Danke, dass ich die Akte benutzen durfte“, sagte ich.

„Halten Sie mich auf dem Laufenden“, sagte Quirk.

„Sicher“, sagte ich.

Als ich wieder auf der Straße war, war fast Zeit fürs Mittagessen. Wenn ich gegessen hatte, würden es dann nur noch fünf bis sechs Stunden bis zum Abendessen sein, die ich totschlagen müsste. Kein Wunder, dass ich mir nicht genug Gedanken über die Kerle aus Springfield gemacht hatte, beschäftigt wie ich war. Sogar jetzt stand ich noch vor einigen schweren Entscheidungen, bevor ich mich nach Springfield auf den Weg machen konnte. Sollte ich vor dem Losfahren essen? Oder unterwegs bei *HoJo* auf der Mass Pike einen Stopp einlegen?

Ich hielt in Cambridge und kaufte mir bei *Elsie's* ein Stück Rinderbrust, Pastrami und ein Sandwich mit Schweizer Käse, um das Ganze unterwegs zu verdrücken. Die Kunst des Kompromisses – vielleicht war ich am Ende doch ein politischer Mensch.

12

Die beiden Schläger aus Springfield hießen Pat Ricci und Sal Pelletier. Ich beschloss, alphabetisch vorzugehen. Pelletier wohnte in einem Backstein-Apartmenthaus an der Sumner Avenue in der Nähe des Forest Parks. Auf mein Läuten machte aber niemand auf, also ging ich zurück zu meinem Wagen, setzte mich hinein und dachte nach, ob ich jetzt Ricci aufsuchen oder auf Sal warten sollte. Während ich noch nachdachte, tauchte Sal auf. Er marschierte munter den Gehsteig entlang, im Arm eine Einkaufstüte mit Lebensmitteln. Er war der mit Tätowierungen.

Ich stieg aus dem Auto und ging auf ihn zu. Er erkannte mich nicht.

Ich sagte: „Erinnerst du dich an mich?"

Seine Augen wurden weit. Er sagte: „Hey."

Ich sagte: „Wir müssen miteinander reden. Gehen wir ins Haus?"

„Worüber willst du mit mir reden?", fragte Sal. Während er das sagte, wich er ein Stück vor mir zurück.

„Ich hoffte, du würdest mir deine Tätowierungen zeigen", sagte ich.

„Hau ab", sagte Sal. „Mit dir habe ich nichts zu bereden."

Ich konnte den Verschluss einer Flasche Miller-High-Life-Bier aus der Tüte ragen sehen. Ich zog sie heraus und ließ sie auf den Gehsteig fallen. Sie zerbrach, und das Bier floss schäumend aus.

„He, was tust du da, verdammt noch mal?", sagte Sal.

„Es könnte dir so wie der Flasche gehen", sagte ich. „Ich will mit dir reden."

Sal ließ die Tüte fallen, drehte sich um und rannte. Ich joggte hinter ihm her. Er schien nicht gut in Form, und ich konnte mir ausrechnen, dass er nicht lange durchhalten würde. Das tat er auch nicht. Er drehte ab in den Park, und nach rund hundert Metern blieb er stehen und japste nur noch. Ich joggte heran und blieb neben ihm stehen.

„Solltest schrittweise mit dem Laufen anfangen", sagte ich. „Gleich so zu starten, ist gefährlich."

Sal schwitzte in der Novembersonne, und sein Gesicht war rot. „Warum lässt du mich nicht in Ruhe", sagte er. „Ich habe diesen Kindern nichts getan."

„Sal", sagte ich, „hör auf mit den Spielchen. Ich möchte ein paar Sachen von dir wissen, und du wirst sie mir erzählen." Sals Brust hob und senkte sich noch immer.

„Weißt du noch, wie hart ich zuschlagen kann?", fragte ich.

Sal nickte.

„Wer hat euch angeheuert, um die beiden Kinder zu bedrohen?", fragte ich.

Sal öffnete seinen Mund, schloss ihn wieder und schüttelte den Kopf. Ich zuckte mit den Schultern und verpasste ihm eine modifizierte Version des linken Hakens, den er schon einmal gespürt hatte. Er brachte ihn zu Boden.

„Ich kann dich diesen linken Haken bis heute Abend spüren lassen", sagte ich. „Wer hat euch angeheuert, um die beiden Kinder zu bedrohen?" Sals Kopf sank nach vorn.

„Nolan", sagte er. „Louis Nolan."

„Wer ist das?"

„Irgend so ein Typ eben."

„Hat er Beziehungen?"

Sal nickte.

„Zu wem?"

Sal schüttelte den Kopf. „Ich weiß nicht", sagte er. „Er hat eben einfach Beziehungen, weißt du? Er gehört zu diesen Typen, die Kontakt zu den dicken Bossen haben. Du weißt das. Jeder weiß es. Wenn dich so einer bittet, irgendwas zu machen, bist du glücklich, es machen zu dürfen. Glücklich, ihm einen Gefallen zu tun, verstehst du?"

„Also hat er euch beauftragt, diese jungen Leute unter Druck zu setzen?“

„Nicht speziell diese Leute. Jeden, der für Alexander arbeitet. Egal, wen. Wer gerade greifbar war.“

„Warum wollte er das?“, fragte ich.

„Er sagte, um Alexander eine Botschaft zu überbringen.“

„Was für eine Botschaft?“

Sal schüttelte wieder seinen Kopf. „Er erzählt Kerlen wie mir nichts, was er nicht muss. Er hat uns den Auftrag erteilt und gesagt, wir sollen ihn erledigen.“

„Wo finde ich Louis Nolan?“

„Du erzählst ihm nicht, dass du es von mir weißt?“

„Wenn du ihm nicht erzählst, dass ich komme“, sagte ich, „dann erzähle ich ihm nicht, dass ich dich getroffen habe.“

„Wheeler Avenue“, sagte Sal. „Die Sumner hinunter, hinter dem X.“ Er zeigte in die Richtung. „Die Hausnummer weiß ich nicht.“

Ich sagte: „Danke, Sal, bis bald mal.“

Er saß noch immer auf dem Boden, als ich in die Sumner Avenue zu meinem Wagen zurückging.

Ich fuhr die Sumner Avenue hinunter. Als ich über die x-förmige Kreuzung fuhr, die Sal erwähnt hatte, fing ich an, mich nach der Wheeler Avenue umzusehen. Ich hätte sie fast verpasst. Sie hatte nicht viel von einer „Avenue“. Wohl etwas zu großzügig benannt. Es war eine kurze Wohnstraße, einen Block zwischen der Sumner und der Allen Street lang. Ich fuhr ein kleines Stück weiter, hielt an einer Drogerie an und schaute im Telefonbuch nach Louis Nolan. Er hatte die Hausnummer 48. Ich fuhr zurück und bog in die Wheeler Avenue ein.

Wheeler Avenue Nummer 48 war ein bescheidenes, weißgestrichenes Eckhaus am Ende des Blocks zur Allen Street mit einer Garage, die für ein Auto ausgerichtet war. Ich parkte in der Allen Street mit Blick auf das Haus und sah es mir an. Nichts passierte. Ich schaute noch ein bisschen. Mit demselben Ergebnis. Kein Hinweis erschien.

Ich stieg aus dem Wagen, ging auf das Haus zu und läutete.

Drinnen konnte ich einen Staubsauger hören. Ich läutete noch einmal. Die Tür öffnete sich, und ein Mann in Anzug und Weste sagte: „Bitte?"

Seine weißen Haare trug er im Bürstenschnitt, dazu einen dichten weißen Schnauzbart. Er war mittelgroß, hatte blaue Augen und stand sehr aufrecht.

Ich sagte: „Mr. Nolan?"

Er nickte. Sein Gesicht hatte ein gesundes Rosa, seine Augen waren hell und undurchsichtig, wie poliertes Metall.

„Vinnie Morris schickt mich", sagte ich.

Er nickte wieder und lud mich mit einer Kopfbewegung in sein Haus ein. Ich ging hinein. Er schloss die Tür hinter mir. Links sah ich das Wohnzimmer, rechts das Esszimmer. Eine rundliche Frau, ungefähr in Nolans Alter, war dabei, das Wohnzimmer zu saugen. Nolan komplimentierte mich mit der nächsten Kopfbewegung in Richtung Esszimmer.

„In die Küche", sagte er. „Einen Kaffee?"

„Nein, danke."

Wir gingen durch das Esszimmer in die Küche. Das Haus sah aus, als wäre es in den Dreißigern gebaut worden. Die Anrichten waren noch mit schwarzen Gummiauflagen überzogen. Der Gasherd aus gelbem Porzellan stand auf hohen gebogenen Füßen.

Wir setzten uns an den Küchentisch. Der Staubsauger summte weiter im Wohnzimmer. Nolan zog ein Zigarrenetui aus schwarzem Leder aus der Innentasche seiner Jacke und bot mir eine Zigarre an. Ich schüttelte den Kopf. Er zog eine heraus, biss das eine Ende ab und spuckte treffsicher in den Ausguss, ohne sich vom Stuhl zu erheben.

„Obst oder irgendwas?", fragte er.

Ich schüttelte wieder den Kopf. Alles in der Küche glänzte wie in einer Auslage. Nolan zündete seine Zigarre mit einem verzierten Feuerzeug an, steckte es wieder in seine Westentasche, blies ein wenig Rauch in die Luft und sagte: „Okay."

Ich sagte: „Vinnie ist etwas", ich zuckte mit den Schultern und fuhr mit den Händen herum, „ihm gefällt das mit den beiden Kerlen nicht, die Sie angeheuert haben, um Alexanders Leuten einzuheizen."

„Was für zwei Kerle?", fragte Nolan.

„Na komm, Louis", bellte ich. „Pelletier und Ricci. Glaubst du etwa, du stündest vor Gericht?"

„Was ist falsch gelaufen?"

„Also, hältst du es für besonders schlau, ein ordentliches, süßes Studentenpärchen rumzuschubsen? So was macht die Leute wütend. War es das, was Vinnie gewollt hat?"

Nolan schüttelte den Kopf.

„Was wollte Vinnie?", fragte ich. „Wollte er, dass die Leute wütend werden?"

Nolan schüttelte wieder den Kopf. „Wollte er das?"

„Nein."

„Was wollte er also?"

„Sie ein bisschen erschrecken", sagte Nolan. „Ihnen klarmachen, dass wir es ernst meinen."

„Und was passiert?" Ich schüttelte unwillig den Kopf. „Die beiden Kerle gehen sie voll an. Die Cops greifen ein. Du musst sie für eine Kaution wieder rausholen. Wie sehen wir jetzt aus?"

Nolan sagte: „Ich hatte keine Ahnung, dass so ein Profi aus Boston dabei sein würde."

Ich lehnte mich ein wenig vor und fragte noch einmal: „Wie sehen wir jetzt aus?"

„Schlecht", sagte Nolan.

„Das solltest du dir, gottverdammt, besser merken", sagte ich. „Es macht Vinnie gar nicht glücklich, und du weißt, wen es noch nicht glücklich macht, nicht wahr?"

Nolan nickte.

„Wen macht es noch nicht glücklich?", fragte ich.

„Mr. Broz."

Ich stand auf. „Merk es dir", sagte ich. Dann wandte ich mich um, ging zurück durch das Esszimmer, öffnete die Haustür, ging zu meinem Wagen und fuhr davon.

Ich hatte herausbekommen, was ich wissen wollte, und als Zugabe hatte ich Nolan zum Schwitzen gebracht. Spenser, Meister der Täuschung.

13

Als ich zu meiner Wohnung zurückkehrte, war es 19:45 Uhr, und Paul Giacomin war da. Er lag auf der Couch, las den *New Yorker* und trank ein Rolling Rock Extra Pale mit dem langen Flaschenhals.

„Du hast recht", sagte er, als ich eintrat, „an dieses Zeug kann man sich gewöhnen."

„Das beste Bier der Welt", sagte ich. „Wie geht's?"

„Gut", sagte er. „Und dir?"

„Prima", sagte ich. „Schon gegessen?"

„Nein."

„Ich werde etwas machen."

Er kam in die Küche und setzte sich an den Küchentresen, während ich nachschaute, was da war. Rolling Rock Extra Pale war da, und ich machte mir eins auf. Paul war gewachsen, seit ich ihn das letzte Mal gesehen hatte. Er war vielleicht einen Hauch größer als ich, wendig und konzentriert.

„Du siehst aus, als wärst du gut in Form“, sagte ich. „Arbeitest du hart?“

„Ja. Ich tanze ungefähr vier Stunden pro Tag in der Schule, und ein paarmal in der Woche fahre ich nach New York in ein Fitnessstudio namens *Pilate's*.“

„Das Geld kommt pünktlich?“

„Ja, mein Vater schickt es jeden Monat. Nur das Geld, keinen Brief, gar nichts. Nur einen Scheck, eingeschlagen in ein Blatt weißes Papier.“

„Mal was von deiner Mutter gehört?“

Er nickte. „Ich kriege hier und da mal einen Brief von ihr. Auf rosa Briefpapier. Immer dieselben Sprüche. Schreibt mir, dass ich nun, da ich auf dem College bin, sehr aufpassen muss bei der Wahl meiner Freunde. Sie meint, es ist wichtig, dass ich nicht in falschen Kreisen verkehre.“

„Wie wär's mit Nudeln?“, fragte ich. „In der Vorratskammer ist gerade Ebbe.“

Ich stellte einen Topf mit Wasser auf den Herd und schnippelte rote und grüne Paprika und einen Haufen Pilze klein. Paul nahm sich ein neues Bier und machte mir auch eins auf.

„Bist du zufrieden auf dem Sarah-Lawrence-College?“, fragte ich.

„Oh ja. Die Tanzlehrer sind sehr professionell. Eine halbe Stunde von New York entfernt kannst du gute Leute kriegen.“

Ich briet Paprika und Pilze in etwas Olivenöl und einem

Schuss Himbeeressig an, kochte dazu grüne Fettuccine und gab die Paprika, die Pilze und eine Handvoll geriebene Walnüsse darüber.

Paul und ich aßen von der Anrichte. Dazu gab es noch geriebenen Monterey Jack Käse und ein halbes Weißbrot, das noch im Schrank gewesen war.

„Wie ist das mit den falschen Kreisen?“, fragte ich. „Bist du drin?“

„Leider nicht“, sagte Paul. „Ich strenge mich höllisch an, aber scheinbar mögen die falschen Leute mich nicht.“

„Nicht aufgeben“, sagte ich. „Wenn du dir etwas in den Kopf gesetzt hast, dann musst du dran bleiben. Ich war 35, bis ich es geschafft hatte.“

Wir öffneten die nächsten zwei Flaschen Rolling Rocks. Die beiden letzten.

„Meine Schuld“, sagte ich. „Das kommt davon, wenn dir die Arbeit dazwischenkommt. Wie lange bleibst du hier?“

„Über Thanksgiving“, sagte er. „Ich fahre am Sonntag wieder.“

„Thanksgiving ist morgen“, sagte ich.

„Ja.“

„Wir haben nichts zu essen.“

„Habe ich bemerkt“, sagte Paul. „Vielleicht gehen wir zur Suppenküche?“

Ich trank das letzte Rolling Rock aus. Es gab noch eine Flasche Murphy's Irish Whiskey im Schrank über dem Kühlschrank für Notfälle. Ich holte sie heraus und schüttete mir ein Glas ein, auf Eis. „Ich freue mich, dich zu sehen“, sagte ich.

„Harter Alkohol?“, sagte Paul.

Ich nickte. „Mal probieren?“, fragte ich.

„Sicher.“

Ich schüttete ihm einen Kleinen ein, auf Eis. Er nippte daran, sah aber nicht besonders entzückt aus.

„Ist es schlimmer, als gar nichts zu trinken?“, fragte ich.

„Nein.“

Ich räumte das Geschirr in die Spülmaschine und wischte die Anrichte ab. Dann gingen wir ins Wohnzimmer, die Gläser, den Whiskey und den Eisbehälter in den Händen.

„Seit wann trinkst du das harte Zeugs?“, fragte Paul.

„In letzter Zeit tut mir das ganz gut.“

Paul nickte. „Einer von diesen Rund-um-die-Uhr-Läden hat sicher offen“, sagte er. „Ich könnte hinlaufen und ein paar Scheiben Truthahnbrust und Toastbrot holen. Und vielleicht eine Flasche Limo für die Festtafel.“

„Lass gut sein“, sagte ich. „Die Hotels haben für gewöhnlich offen. Vielleicht gehen wir ins *Ritz*.“ Ich trank etwas Whiskey. Wenn du gewöhnt bist, ihn direkt aus der Flasche zu nuckeln, dann erscheinen dir ein Glas und Eiswürfel wie der erste Schritt zum Abgewöhnen. „Ich dachte, du wolltest eine Freundin mitbringen.“

„Ja, Paige. Ich wollte auch. Aber ihre Eltern gerieten völlig aus der Fassung, und deswegen ist sie nach Hause gefahren.“

Im Kamin lagen ein paar Scheite bereit, fertig zum Anzünden. Ich sparte damit Zeit für den Fall, dass ich eine Frau traf, die es mit mir vor einem romantischen Kaminfeuer treiben wollte. Dieses wartete schon seit August. Warum es weiter verschonen? Ich stand auf, zündete die Scheite an, setzte mich wieder und wartete, dass die Flammen größer wurden. Zum Teufel mit der Romantik.

Ich trank noch einen Schluck Whiskey. Paul trank sehr langsam. Ich konnte ihm ansehen, dass er ihm nicht schmeckte. Mein Glas war leer. Ich goss nach, tat einen Eiswürfel dazu.

„Susan ist noch in Washington?“, fragte Paul.

„Ja."

„Kann sie nicht zu Thanksgiving herkommen?"

„Nein."

„Ich wundere mich, dass du nicht zu ihr gefahren bist."
Ich nickte.

„Wo ist sie denn?"

„Im Kinderkrankenhaus des National Medical Center", sagte ich. „111 Michigan Avenue, North West, Washington D.C., 20010."

„Ein Praktikum?"

„Ja. Ein Praktikum, um auf das Doktorat vorzubereiten." Ich beugte mich vor und goss ein wenig Whiskey in Pauls Glas. Das Anmachholz stand nun voll in Flammen, und die größeren Klötze fingen an zu brennen. Ich schaute den Flammen zu, wie sie um die Stämme flackerten. Materie entsteht und vergeht nicht. E = mc2.

„Ist sie nicht mehr in der Beratungsstelle?"

Ich nickte. „Vorerst hat sie sich nur beurlauben lassen, aber es ist nicht wahrscheinlich, dass sie wieder zurückgeht. Nicht mit einem Doktortitel in Psychiatrie von der Harvard-Universität."

„Wie stehst du dazu?", fragte Paul.

„Dass sie die Beratung aufgegeben hat?"

„Zu der ganzen Sache", sagte Paul. „Zum Doktorat, zum Praktikum, dazu, dass sie in Washington ist und nicht mal zu Thanksgiving herkommt. Gefällt dir das?"

Ich stand auf, trat ans Fenster und blickte hinunter auf die Marlborough Street. Sie war völlig leer. „Susan macht etwas, das ihr sehr wichtig ist", sagte ich. „Sie muss das tun. Streben, suchen, finden und nicht aufgeben."

Die feiertägliche Leere auf der Straße war deprimierend. Im Licht der Straßenbeleuchtung wurde die Stille deutlich.

Paul sagte: „Ja, aber stört dich das?"

Ich trank den nächsten Schluck Whiskey. „Ja", sagte ich.

„Wie kommt es, dass du nicht zu ihr gefahren bist, zum gemeinsamen Thanksgiving-Essen? Muss sie arbeiten?"

„Nein. Sie verbringt den Tag in Bethesda mit dem Leiter des Praktikantenprogramms. Das ist ihr wichtig." Ich starrte weiter aus dem Fenster.

„Wichtiger als mit dir zusammen zu sein?"

„Es gibt andere Gelegenheiten", sagte ich.

Ein Taxi kam die leere Straße herunter und hielt auf der anderen Straßenseite. Eine alte Frau im Pelzmantel stieg aus, eine fette weiße Katze auf dem Arm. Das Taxi fuhr davon, und sie stieg die dunklen Stufen zu ihrer Haustür hinauf, fummelte am Schloss herum und ging schließlich hinein.

„Wenn du an Thanksgiving arbeiten müsstest, wärst du nicht hier", sagte Paul.

„Ich weiß."

„Wenn ich die Chance gehabt hätte, zu tanzen, etwa am Lincoln Center oder sonst wo, dann hätte ich das gemacht. Dann wäre ich nicht hierher gekommen."

„Sicher", sagte ich. Mein Glas war leer. Ich stand auf, holte die Flasche und goss nach. Ich füllte es, bevor ich mich an das Eis erinnerte. Zu spät. Ich trank vorsichtig ab. Paul beobachtete mich. Das Gesicht eines Erwachsenen, kein Kind mehr. Wohl schon älter als 18, angesichts der psychischen Erfahrungen, die er gemacht und hinter sich gebracht hatte.

„1976 warst du mit ihr in Europa."

„Ja." Meine Stimme war heiser. Der nächste Schluck Whiskey, zur Entspannung des Kehlkopfs. Gut, dass ich kein Eis genommen hatte. Der Hals braucht Wärme.

„Es macht dich fertig, nicht?"

„Ich wünschte, sie wäre bei mir", sagte ich. „Mehr noch, ich wünschte, dass sie bei mir sein wollte."

Paul stand auf, kam herüber und schaute mit mir aus dem Fenster. „Leer", sagte er.

Ich nickte.

Er sagte: „Wir beide wissen, wo ich war, als du mich gefunden hast, und wir wissen, was du dann getan hast. Das gibt mir Rechte, die andere Leute nicht haben."

Ich nickte.

„Und auch ich verletze dich", sagte er. „Wir sind die einzigen, die das können, ich und Susan. Und es lässt sich nicht vermeiden, dass ich es auch tue."

„Kann man nichts machen", sagte ich.

„Nein", sagte Paul. „Kann man nicht. Du hast Susan zu dir hereingelassen, in dein Inneres, und mich auch. Bevor du uns kanntest, warst du unverwundbar. Du hattest Mitgefühl, warst aber sicher, verstehst du? Du konntest all diese Maßstäbe für dein eigenes Verhalten aufstellen, und wenn andere Leute diesen Maßstäben nicht entsprachen, dann war das deren Nachteil, aber deine Integrität …" er dachte eine Weile nach „… blieb intakt. Du wurdest nicht enttäuscht. Du hast von den anderen Leuten nicht viel erwartet und warst zufrieden, wenn du es selbst richtig machtest."

Ich lehnte meine Stirn gegen die kalte Fensterscheibe. Ich war betrunken.

„Und jetzt?", fragte ich.

„Und jetzt", sagte Paul, „hast du Mist gebaut. Du liebst Susan, und du liebst mich."

Ich nickte, noch immer die Stirn gegen das Fenster gepresst. „Und dass ich es bloß für mich richtig mache, reicht jetzt nicht mehr."

„Ja", sagte Paul. Er nahm einen großen Schluck Whiskey.

„Du warst mit dir im Reinen, und jetzt bist du es nicht mehr. Du fängst an, an dir zu zweifeln. Du fragst dich, ob du es je richtig gemacht hast. Du bist deinen Instinkten gefolgt und warst überzeugt, dass deine Instinkte richtig waren. Aber wenn etwas falsch läuft, liegst du vielleicht auch mit deinen Instinkten falsch. Es geht nicht darum, dass du Susan vermisst, sondern dass du nichts dagegen machen kannst."

„Margaret trauerst du um die fallenden Blätter im Gold-Birkenhain?", sagte ich.

„Wer ist das?", fragte Paul.

„Hopkins", sagte ich. „Gerard Manley Hopkins."

„Ich weiß einen besseren Spruch aus *The Great Gatsby*", sagte Paul. „Die Stelle, kurz bevor er erschossen wird, über den Verlust der alten, warmen Welt ..."

„Habe einen hohen Preis gezahlt für ein zu langes Leben mit einem einzigen Traum", sagte ich.

„Das ist es", sagte Paul.

14

Es war der Montag nach Thanksgiving, Paul war zurück am Sarah Lawrence College. Ich saß wieder in meinem Einraumbüro mit Blick auf die Werbefrau an der Ecke Berkeley und Boylston Street. Es war 9:15 Uhr. Ich las den *Globe* und trank Kaffee. Heute wollte ich nur zwei Tassen trinken. Ich trank die erste gerade aus, als meine Bürotür aufging und Vinnie Morris hereinkam. Hinter ihm kam ein großer Kerl mit glattem Gesicht herein, dessen Haaransatz gleich bei den Augenbrauen begann.

Vinnie war so alt wie ich, ein gut aussehender Typ mit einem dicken schwarzen Schnurrbart und Haaren, die ihm über die Ohren gingen. Er trug einen schwarzen, europäisch geschnittenen Anzug, ein weißes Hemd und eine weiße Krawatte. Seinen Kamelhaarmantel trug er offen. Von seinem dunklen Anzug hob sich ein weißer Seidenschal mit Fransen ab. Er hatte schwarze Handschuhe an. Der dicke Kerl hinter ihm trug einen karierten Mantel, und eine Matrosenkappe, die so weit auf seinen Hinterkopf gerutscht war, dass sie wie eine Kippa aussah. Seine Nase war klobig, und die Haut um seine Augen war vernarbt.

„Vinnie“, sagte ich.

Vinnie nickte, zog seine Handschuhe aus, nahm sie zusammen und legte sie dann auf meine Schreibtischplatte. Er setzte sich in den Besucherstuhl. Sein großer Begleiter stellte sich neben der Tür auf.

„Hast du einen Kaffee für mich?“, fragte Vinnie.

„Leider habe ich gerade den Becher ausgetrunken, den ich mir mitgebracht habe.“

Vinnie nickte. „Ed, zieh los und hol uns zwei Kaffee“, sagte Vinnie. „Schwarz.“

„He, Vinnie“, sagte Ed, „ich bin kein Laufbursche.“

Vinnie drehte seinen Kopf und sah ihn an. Eds Nasenscheidewand war reichlich verbogen, und das machte ihm Schwierigkeiten beim Atmen. Ich konnte den feinen Pfeifton hören, der dabei entstand. „Zweimal schwarz“, sagte Ed.

„Groß“, sagte ich.

„Zweimal groß“, sagte Vinnie. Ed nickte und verschwand.

„Schlägen auszuweichen war wohl nicht seine Stärke“, sagte ich. „Bist du noch bei Broz?“

Vinnie nickte.

„Hat Joe dich geschickt?“, fragte ich.

Vinnie schüttelte den Kopf.

Ich lehnte mich in meinem Stuhl zurück und wartete.

„Du warst in Springfield?“, fragte Vinnie.

Ich nickte.

„Bist du den Leuten in Springfield auf die Nerven gegangen?“

„Das ist das Mindeste, was ich tun kann“, sagte ich. „Mache ich überall.“

Vinnie nickte geduldig. „Erzählst du mir, was du dort getrieben hast?“

„Nein.“

„Das ist einer der Gründe, warum ich dich mag, Spenser. Ich kann mich immer darauf verlassen, dass du immer ein Harter bist. Wirklich verlässlich, weißt du. Jederzeit hart.“

„Und wenn ich dich irgendwann einmal enttäuschen sollte, Vinnie, dann nicht, ohne dass ich mich bemüht hätte.“

Vinnie grinste. Es war kein sehr warmherziges Grinsen, aber es schien echt zu sein. Wahrscheinlich war es das netteste Grinsen, das Vinnie hervorbringen konnte.

Ed kam mit dem Kaffee zurück. Für sich selber hatte er auch einen gekauft. Ich fragte mich, ob das nicht eine bewusste Überschreitung seiner Anweisung war. Widerspenstiger Bastard.

„Danke, Ed“, sagte ich, als er mir einen Becher auf den Tisch stellte.

Ich nahm den Deckel herunter und warf ihn in den Papierkorb, dann streckte ich den Arm aus, zog auch Vinnies Deckel herunter und warf ihn hinterher. Ich schlürfte einen Schluck. Der erste Schluck meiner letzten Tasse für diesen Tag. Kaffee machte mich in letzter Zeit irgendwie hibbelig. Zeit also, den Konsum zu reduzieren. Für einen Mann mit eisernem Willen kein Problem. Ich würde heute damit beginnen, weniger Kaffee zu trinken.

Ed riss ein Stück aus dem Deckel seines Bechers, legte es

in die leere Tüte zurück, mit der er die Tassen transportiert hatte, und platzierte die Tüte dann auf der Ecke meines Schreibtisches. Ich nahm sie und warf sie in den Müll. Ordentlicher Arbeitsplatz, klarer Geist. Ich nahm den zweiten Schluck aus meiner letzten Tasse des Tages. Ed schlürfte aus dem Loch, das er in den Deckel gerissen hatte.

Vinnie sagte: „Du bist bei Louis Nolan gewesen und hast mit ihm geredet. Du hast ihm erzählt, ich hätte dich geschickt. Wieso?"

„Ich wollte herausbekommen, ob er mit dir und Joe in Verbindung steht."

„Und?"

Ich zuckte mit den Schultern. „Und das tut er. Ist aufgesprungen und hat mir das Gesicht geleckt, als ich deinen Namen erwähnte. Hat mir Obst angeboten." Ich nippte von meinem Kaffee und lächelte ihn an. „Und da bist du."

„Du weißt mehr als das", sagte Vinnie. „Du weißt, dass er diese beiden Volltrottel in meinem Namen beauftragt hat."

„Ja", sagte ich. „Das weiß ich."

„So, und was fängst du mit diesem Wissen an?"

„Ihr wolltet Alexander auf euch aufmerksam machen", sagte ich. „Ihr wolltet ihn daran erinnern, mit was für einer Sorte von Leuten er da zu tun hat. Also sollte Louis ein paar örtliche Schläger anheuern, die auf Alexanders Wahlkampfhelfer angesetzt wurden. Ein Studentenpärchen war leichte Beute, und so machten die beiden Kerle sich an sie heran."

Vinnie schaute mich sehr lange an. Ohne die Augen von mir zu nehmen sagte er: „Ed, warte im Flur."

Ed wandte sich um, ging hinaus und schloss die Tür hinter sich.

Vinnie stand auf und zog den Stuhl um den Tisch herum, so dass er jetzt neben mir saß.

„Was wollen wir deiner Meinung nach von Alexander?“, fragte er.

Seine Stimme war leise. Ed konnte ihn nicht verstehen, selbst wenn er mit dem Ohr direkt an der Tür hing.

„Ich denke mir, ihr wollt, dass er verliert.“

„Warum?“

„Weil ihr auf Robert Browne gesetzt habt, und weil du und Joe nur sichere Einsätze liebt.“

Vinnie nickte nachdenklich. Ich trank wieder ein bisschen Kaffee. Zwei Tassen pro Tag waren mehr als ausreichend.

„Du bist immer noch gut“, sagte Vinnie. „Bist immer gut gewesen, und hast nichts eingebüßt.“

„Nett von dir, dass du das sagst, Vinnie.“

„Wie bist du auf die Verbindung gekommen?“

„Hab dich auf einem Foto von Brownes Wahlkampf im Hintergrund gesehen.“

„Was war der Anlass?“, fragte Vinnie.

„Wenn irgendwer sich in Alexanders Wahlkampf einmischt“, sagte ich, „hat man logischerweise Browne im Verdacht. Also schaute ich mich nach allem um, was ich über ihn finden konnte.“

Vinnie trank von seinem Kaffee. Ich fragte mich, ob er nicht auch den Konsum einschränken sollte. Er war etwa so alt wie ich. Sah gesund aus, aber das kann täuschen. Eines Tages wachst du auf und stellst fest, dass du deinen Kaffeekonsum zurückschrauben musst. Die Zeit – was für ein Halunke.

Vinnie schüttelte den Kopf. „Dafür würdest du den ganzen Aufwand nicht machen“, sagte er. „Du würdest die ganze Sache nicht bis zu mir zurückverfolgen, wenn es nur um die beiden Studenten ginge.“

Ich wartete. Vinnie überlegte. Es war noch ein bisschen

Kaffee da. Ich trank die Hälfte davon. Würde ich immer nur die Hälfte von dem trinken, was noch da ist, würde die Tasse niemals leer.

„Okay“, sagte Vinnie, „wir stecken drin. Du weißt, dass wir drinstecken, und ich wette, du weißt, wie tief.“

Ich lächelte.

„Du weißt, dass wir die Filme mit Mrs. Alexander haben.“
Ich lächelte wieder.

„Alexander hat dir davon erzählt, und er hat dich darauf angesetzt. Du kamst aus Springfield zurück und hast herausgefunden, dass Browne dahintersteckt. Okay. Aber doch nicht wegen dieser kleinen Balgerei, die wir da inszeniert haben. Sondern wegen der Filme. Hat er sie dir gezeigt?“, fragte Vinnie.

Ich lächelte.

„Schau sie dir mal an, wenn es sich ergibt. Die Frau hat was – hat ’ne hübsche Muschi. Na ja, du hast deine Nachforschungen angestellt, hast das Foto entdeckt, bist zurück nach Springfield gefahren und tust was du tun musst.“

Ich trank meinen letzten Schluck Kaffee. Das mit dem jeweils die Hälfte trinken klappte leider nur in der Theorie. Wie wenn ein Baum im Wald fällt, ohne ein Geräusch zu machen.

„Es war ein Fehler“, sagte Vinnie. „Alexanders Leute in die Mangel zu nehmen, war ein Fehler. Aber …“, er spreizte seine Hände „es ist nun mal passiert. Die Frage ist jetzt eher: Wie geht es nun weiter?“

„Macht es dir eigentlich nichts aus, wenn du zu viel Kaffee trinkst?“, fragte ich.

„Nein, trinke ich den ganzen Tag. Keine Wirkung. Soll Ed noch einen holen?“

„Nein.“

„Also, wie geht es nun weiter, Spenser?“

„Vielleicht sollte ich auf Tee umstellen oder auf das entkoffeinierte Zeug.“

„Kommt nicht in Frage“, sagte Vinnie. „Das Zeug schmeckt wie Spülwasser. Kaffee oder gar nichts, das ist meine Devise.“

Ich nickte.

Vinnie sagte: „Abgesehen von deinen Problemen mit dem Koffein – fällt dir irgendwas ein zur aktuellen Lage?“

„Ihr habt etwas über Mrs. Alexander, und ich will das haben, aber ihr wollt nicht, dass ich es kriege“, sagte ich.

„Und wir wollen nicht, dass du versuchst, es zu kriegen“, sagte Vinnie.

„Aber irgendwie werde ich es schon schaffen.“

Vinnie nickte. „Wir könnten mit den Filmen an die Öffentlichkeit gehen, wenn du anfängst uns zu nerven.“

„Und dann habt ihr euer Pulver gegen Alexander verschossen“, sagte ich. „‚Freiheit ist nur ein anderes Wort dafür, nichts mehr zu verlieren zu haben.‘“

„Meinetwegen, aber seine Wahlchancen stünden gegen Null.“

„Vielleicht nicht“, sagte ich. „Vielleicht wächst er darüber hinaus. Vielleicht geht der Schuss nach hinten los und die Leute kriegen den Verdacht, dass Browne hinter der ganzen Sache steckt, und Alexander kriegt Sympathie-Stimmen.“

Es war warm in meinem Büro. Vinnie stand auf, zog seinen Mantel aus und legte ihn sorgfältig über die Lehne meines zweiten Besucherstuhls.

„Und vielleicht erscheinen die Cops und die Typen vom FBI auf dem Plan“, sagte ich, „und alle sind sie hinter der Erpressung her, rücken Browne auf den Pelz, und schon seid ihr euren handzahmen Kongressabgeordneten los.“

Vinnie schürzte die Lippen und zuckte mit den Schultern.

„Und du hast an all das auch schon gedacht“, sagte ich. „Sonst hättet ihr es längst getan. Sonst wärest du nicht hier.“

„Wenn Alexander sich darauf einlassen würde, hätte er dich doch gar nicht zum Schnüffeln losgeschickt“, sagte Vinnie.

„Kann sein“, sagte ich. „Kann aber auch sein, dass er es zunächst anders versucht. Ich sage dir, die Sache steht patt. Ihr spielt die Mrs.-Alexander-Karte und ich die mit Robert Browne.“

„Wir könnten dich natürlich umnieten“, sagte Vinnie.

„Keine leichte Aufgabe“, sagte ich.

„Aber nicht unmöglich“, sagte Vinnie.

„Weiß man nicht, noch lebe ich ja“, sagte ich. „Aber nehmen wir an, es gelingt euch, was dann?“

„Die Leute würden anfangen, nachzuforschen“, sagte Vinnie. Er blickte aus dem Fenster, während er sprach, und eine dünne senkrechte Falte erschien zwischen seinen Augenbrauen. „Ich weiß nicht, wie vielen Leuten du von Brownes Beziehungen erzählt hast. Wie ich dich kenne, nicht vielen. Also, wir pusten dich um, und die Leute würden sich fragen, warum. Dieser gottverdammte Nigger könnte lästig werden.“

„Besonders, wenn ich ihm sage, dass du ihn einen gottverdammten Nigger genannt hast.“

Vinnie schüttelte den Kopf und stieß eine Faust in die Luft. „So rede ich nun mal“, sagte er. „Ich kenne Hawk. Wenn dir irgendwas passiert, gibt der Quälgeist keine Ruhe, bis die Sache klargestellt ist.“ Ich wartete. Vinnie dachte nach. Dann lächelte er.

„Na gut, sagen wir mal, im Moment pusten wir dich nicht um. Wir haben die Sache nämlich in der Hand. Wir haben Browne, und wenn er verliert, dann knöpfen wir uns Alexander vor, weil wir die Filme haben.“

„Noch“, sagte ich.

„Noch“, sagte Vinnie. „Aber lieber hätten wir Browne, alles in allem. Er ist etabliert, wir kennen ihn, und er ist nicht so dämlich wie Alexander. Aber als Ersatzmann nehmen wir auch Meade.“

„Er wird von eurer Unterstützung begeistert sein“, sagte ich.

Vinnie grinste sein kaltes, aufrichtiges Grinsen. „Das wird er sein müssen“, sagte er.

Ich ließ mir die Dinge durch den Kopf gehen, nachdem Vinnie sich verabschiedet hatte. Es passte alles nicht zusammen, nichts passte.

Ich dachte mir eine Menge Gründe aus, warum sie mit der nackten Ronni nicht an die Öffentlichkeit gingen, aber keiner überzeugte mich. Die Argumente waren zu subtil für einen Kerl mit Broz' Kaliber. Er war von der altmodischen Sorte, ging die Dinge direkt an. Für ihn war es schon der Höhepunkt der Raffinesse, eine Bombe an einer Autozündung zu befestigen. Er würde nicht wie die Katze um den Brei herumschleichen. Er würde die Bilder publik machen und erwarten, dass Alexander von der Bildfläche verschwände. Und so würde es ja auch sein. Seine Wählerschaft würde es nicht schlucken, wenn sich herausstellte, dass ihr Held mit der leibhaftigen Hure Babylon verheiratet war. Und seine Gegner würden sich nicht den Spaß entgehen lassen, den Gehörnten vorzuführen. Ich wusste allerdings etwas, das Vinnie nicht wusste. Ich wusste, dass Alexander eher ins Kittchen gehen würde, als dass seine Frau in den Dreck gezogen würde. Ich schaute auf meine Uhr: 10:50 Uhr. Zu früh für einen irischen Whiskey.

Je länger ich nachdachte, desto weniger ergab alles einen Sinn. Das war nicht der Stil von Broz. Auch nicht der von

Vinnie. Es war eher Eds Stil, etwas, das ganz simpel ablaufen sollte und verkompliziert worden war. Wenn so etwas passierte, während ich versuchte, einen Fall aufzuklären, dann hieß das für gewöhnlich, dass es zu viel gab, was ich noch nicht wusste.

Warum brachten sie nicht einfach den Film heraus? Warum die Erpressung? Es machte keinen Sinn. Jedenfalls keinen, der zu Broz passte. Es sah zu amateurhaft aus. Aber Broz war kein Amateur. 11:00 Uhr. Ich musste mir den Film ansehen. Es gefiel mir nicht, darum zu bitten, aber ich musste. Es gab keinen anderen Weg mehr. Ich versicherte mir selbst immer wieder, dass mein Interesse an dem Film rein beruflicher Natur war. Das war es auch. Ganz und gar. Wie bei einem Arzt. Völlig neutral. Wenn ich gleich eine Maschine nach Washington erwischte, konnte ich den Film schon am Nachmittag sehen.

Ich rief Alexanders Büro in Washington an und ließ ihn wissen, dass ich käme und warum. Dann holte ich meine Schreibmaschine heraus und schrieb das bisschen auf, was ich in der Sache wusste. Es füllte gerade eine Seite, bei doppeltem Zeilenabstand. Ich faltete das Blatt, schob es in einen Umschlag, klebte ihn zu und brachte ihn zum *Harbor Health Club*, um ihn Henry Cimoli zu übergeben.

Henry hatte ein Problem mit T-Shirts. Kaufte er sie groß genug für seinen Oberkörper, dann hingen sie ihm wie Kleider bis zu den Knien hinunter. Kaufte er sie in der richtigen Länge, dann kriegte er seine Arme nicht mehr in die Ärmel. Bisher hatte er das Problem immer so gelöst, indem er sich die Hemden in der richtigen Länge kaufte und die Ärmel einfach abschnitt, aber seit sein Fitness-Club immer feiner und feiner wurde, begann er zu überlegen, sich die Dinger maßanfertigen zu lassen.

„Wenn mir irgendwas passiert, gib ihn Hawk", sagte ich: „Andernfalls nicht öffnen."

„Eine Liste der Leute, die dich nicht leiden mögen, kann es nicht sein", sagte Henry. „Dafür ist der Umschlag nicht dick genug."

„Da ist meine Geheimformel drin", sagte ich, „wie man größer als 1,60 Meter wird."

„Ich bin 1,62 Meter", sagte Henry.

„Wie kommt es dann, dass dir Sandy Sadler bei eurem Kampf dauernd von oben auf den Kopf gehauen hat?"

„Ich wollte ihm an die Eingeweide", sagte Henry.

Ich ging nach Hause, um zu packen.

15

Alexanders Domizil in Washington war ein dreistöckiges gelbes Fachwerkhaus an der Ecke der 31. und O Street in Georgetown. Er öffnete mir die Tür.

„Ronni ist den ganzen Nachmittag weg", sagte er. „Es ist im Fernsehzimmer."

Er zeigte mir den Weg. Das Haus war im eleganten viktorianischen Stil erbaut und absolut makellos. Das Fernsehzimmer war holzgetäfelt, hatte einen Kamin und einen Ledersessel, sehr kitschig. Über dem Kamin hing ein Bisonschädel an der Wand.

Alexander fragte: „Sie kennen sich mit diesen Dingern aus?"

Ich sagte: „Ja". Der Videorecorder war in einem Schrank unter dem Fernseher. Die Kabel liefen an der Rückwand des Schrankes entlang.

„Das Band ist bereits drinnen", sagte Alexander. „Alles ist

eingeschaltet. Sie müssen nur noch den schwarzen Knopf drücken.“ Er gab mir einen Schlüssel. „Schließen Sie ab, solange Sie den Film anschauen. Wenn Sie fertig sind, lassen Sie das Band im Recorder, und schließen Sie ab. Ich habe einen Zweitschlüssel.“

Ich nickte.

„Ich gehe an meine Arbeit“, sagte er.

Ich nickte. Er blieb an der Tür stehen und sah mich an. Er wollte etwas sagen. Sein Gesicht war gerötet.

Ich sagte: „Es tut mir leid, dass ich das hier tun muss.“

Er sah mich noch einen Augenblick lang an, dann ging er hinaus und schloss die Tür hinter sich. Ich schloss sie von innen ab, ließ den Schlüssel stecken, ging dann zum Fernseher, drückte den Knopf, setzte mich in einen Ledersessel und schaute auf den Bildschirm.

Das Band lief an, zunächst leer, dann folgte ein Muster aus winzigen Punkten auf schwarzem Hintergrund, und dann war Ronni Alexanders Gesicht voll im Bild. Sie vollführte einen ungeübten Tanz, die Arme über dem Kopf, mit den Hüften wackelnd. Dann kam auch der Ton, nicht sehr deutlich, als wenn das Mikrofon zu weit entfernt wäre. Aber ich konnte hören, dass Ronni beim Tanzen summte, und wenn man ganz genau hinhörte, konnte man erkennen, dass es „Night Train“ war. Ich fühlte mich vor Verlegenheit ganz unwohl. Sie tanzte hinter einem Tisch und hob ein Glas hoch, eines von diesen flachen, in denen die Leute Sekt servieren, wenngleich sie das nicht tun sollten. Sie trank es aus und warf es an die Wand. Noch immer tanzend knöpfte sie ihre Bluse auf und zog sie langsam aus. Sie schaute irgendwen im Raum an. Ich konnte nicht viel von ihm sehen. Nur einen dunklen Hinterkopf mit einem sehr teuren Haarschnitt. Ronni öffnete ihren Rock an der Seite, zog den Reißverschluss herunter und hielt den Rock noch einen Moment lang fest, warf einen koketten Blick hinüber und ließ den Rock dann fallen. Sie trug keine Strumpfhose. Sie trug Slip, Strümpfe und Strapse. Strapse, Himmel noch mal. Die letzten Strapse, an die ich mich erinnern kann, hatte ich in dem Jahr gesehen, in dem Mickey Mantle die Triple-Crown-Trophäe gewonnen hatte. Sie zog ihren BH aus, löste die Strümpfe vom Halter, rollte sie hinunter, langsam einen nach dem anderen, und dazu führte sie immer noch ihre tanzartigen Bewegungen aus und summte weiter „Night Train". Sie trank noch ein paar Gläser Champagner und warf die Gläser immer weg. Wie stürmisch. Schließlich schlüpfte sie auch noch aus ihrem letzten Kleidungsstück und war nackt. Ich stellte mir vor, wie Alexander sich das angesehen haben mochte, und der Hals wurde mir eng.

„Du Miststück", hörte ich mich laut ins Zimmer sagen. Meine Stimme klang eher traurig als zornig. Jetzt betrat auch ihr Partner die Szene, ein junger Mann mit weichem Gesicht und einem Schnurrbart. Er war vielleicht ein paar Jahre älter als Paul Giacomin. Er streckte sich auf dem Bett aus und ließ sich von ihr ausziehen. Ich konnte Fetzen von ihrem Gespräch hören. Aber lieber hätte ich weiter „Night Train" gehört. Ich war froh, dass das Mikro schlecht stand.

Als beide nackt waren, hatten sie miteinander Sex. Und mehr als das. Sie legten eine Show hin. Ronnis Tanzerei war ziemlich stümperhaft gewesen, aber im Bett war sie eine Expertin. Sie machte Sachen, an die ich bisher kaum gedacht hatte, wenn ich auch nichts dagegen hatte. Und sie war auch nicht gerade leise dabei. Ihrem Partner machte es auch deutlich Spaß, aber er war doch gleichzeitig sehr bemüht, das Ganze so zu arrangieren, dass ihr Gesicht möglichst oft voll in der Kamera war. Er selbst trug während der ganzen Vorstellung eine Sonnenbrille.

Das Band war plötzlich einfach zu Ende, ohne dramatischen Schluss, es stoppte sozusagen *in medias res.* Ich ließ es zurücklaufen und spielte es noch einmal ab. Diesmal fiel mir auf, dass der Raum ganz hell vom Sonnenlicht erleuchtet war, und bei einer kurzen Einstellung konnte ich rechts im Bild eine vorhanglose Glaswand erkennen. Das Meiste spielte sich offenbar auf einem Doppelbett ab, das mit einer blassblauen Steppdecke bedeckt war. Der Champagner stand auf einem Schreibpult. Im Hintergrund stand auf dem Nachttisch eine Radiouhr mit Digitalanzeige. Sie zeigte anscheinend 14:08 Uhr. Es war also früher Nachmittag, und da die Sonne voll ins Zimmer schien, mussten die Fenster nach Westen oder Südwesten gehen, je nach Jahreszeit. Von der Kleidung der beiden Hauptdarsteller ließ sich allerdings nicht auf die Jahreszeit schließen.

Die Kamera musste hinter einem Spiegel über der Kommode postiert gewesen sein. Von dort hatte sie den ganzen Raum in der Linse, aber im Mittelpunkt standen die menschlichen Aktivitäten. In einer anderen Einstellung konnte ich einen Tisch erkennen, offenbar auf der Fensterseite des Bettes. Ich ließ das Band an dieser Stelle mehrfach hin und her laufen. Auf dem Tisch lagen ein paar Bücher, aber sie lagen so, dass ich die Titel nicht ausmachen konnte. In einem Bierkrug standen Stifte und Kugelschreiber, daneben eine elektrische Reiseschreibmaschine vom Typ Smith-Corona. Ich schaltete auf Rücklauf und sah mir das Band noch einmal an. Auf dem Bierkrug waren ein Emblem und ein Schriftzug. Lesen konnte ich ihn aber nicht. Ich fand ein Vergrößerungsglas im Schubfach eines Schreibtischs und versuchte, damit den Schriftzug auf dem Krug zu entziffern. Aber es gelang mir nicht. Die Lupe löste das Bild nur in seine einzelnen Bildpunkte auf. Ziemlich sicher konnte ich nur sein, dass der Bierkrug zu der Sorte gehörte, die gern in den College-Buchhandlungen angeboten werden und das Emblem des Colleges oder einer Studentenverbindung trugen.

Ich ließ das Band noch dreimal durchlaufen, aber mehr war nicht zu entdecken. Ronni schien betrunken. Sie posierte, als wollte sie irgendwie eine kindliche Salome darstellen. In ihren sexuellen Handlungen war sie sehr geschickt, aber sie wirkte deswegen auch ein wenig unsicher. Ihr Partner war Kunde bei einem offensichtlich sehr guten Friseur und trug beim Vögeln eine Sonnenbrille. Das Ganze schien in einem privaten Schlafzimmer zu passieren, nicht in einem Motel, und es war nach Westen ausgerichtet. Wahrscheinlich lag es auch nicht im Parterre, denn dann hätten sie gewiss nicht die Vorhänge offen gelassen, was ja nötig war, damit die Kamera genug Licht hatte. Vorausgesetzt, Ronni war nicht eine noch ungewöhnlichere Frau, als ich dachte.

Ich spulte das Band noch einmal zurück, ließ die Kassette im Recorder stecken, schaltete alles aus, verschloss die Tür zum Raum und verließ Alexanders Haus.

Ich wusste, warum er mich dort allein gelassen hatte. Ich war froh darum.

Mein Leihwagen stand in der O Street. Ich stieg ein, fuhr einen Block weiter zur Wisconsin Avenue, bog links ein und fuhr Richtung Innenstadt. Ich hatte nicht viel herausbekommen, und ich hatte meinen Klienten und mich in Verlegenheit gebracht. So langsam gewöhnte ich mich an so etwas.

16

Ich hatte mir ein Zimmer im *Hay Adams* genommen. Wenn ich allein war, war ich eigentlich ein Mann fürs *Holiday Inn.*

Aber ich hoffte, ein paar Tage mit Susan zu verbringen, während ich hier war, und Susan war das *Hay Adams* wert. Ich hatte von meinem Zimmer aus einen Blick auf den Lafayette-Park, und dahinter konnte ich das Weiße Haus sehen. Ich hängte meine Kleider in den Schrank und bestellte beim Zimmerservice ein paar Flaschen Bier und die *Washington Post.* Dann rief ich Susan in ihrem Krankenhaus an. Ich konnte spüren, wie sich mein Magen zusammenzog, als ich wählte. Natürlich war sie bei einem Patienten, und natürlich konnte sie nicht gestört werden. Ich hinterließ eine Nachricht, dass ich im *Hay Adams* zu erreichen sei, falls Ms. Silverman eine Minute vom Beistand der Erkrankten erübrigen könne.

Dann stand ich eine Weile am Fenster, trank mein Bier und schaute hinüber zum Weißen Haus. Eine Wache lehnte an einer der Säulen der Vorhalle. Leute hielten Schilder in Richtung des Zauns vorm Eingang des Gebäudes. Rechts davor filmte ein Fernsehteam einen Reporter mit dem Weißen Haus als Hintergrund. Irgendwo war dort auch der Präsident, zusammen mit der First Lady. Sie war bei ihm, beim Präsidenten. Sie war nicht weit weg von ihm und studierte Medizin.

Ich wurde es leid, das Weiße Haus anzugucken, und setzte mich in einen der Sessel, legte meine Füße auf das Doppelbett und las die *Post.* Als ich mit der Zeitung fertig war, begann es draußen zu dämmern. Ich blickte noch einmal zum Weißen Haus hinüber. Ich könnte einen Spaziergang machen, aber dann verpasste ich womöglich Susans Anruf.

Ich drehte mich zum Fernseher, sah mir die frühen Abendnachrichten an und fragte mich, warum in jeder Stadt die Berichterstatter der Frühabendnachrichten so absolute Nieten waren. Wahrscheinlich wurde das schon in den Stellenausschreibungen gefordert: *Nachrichtensprecher gesucht. Nie-*

ten werden bevorzugt behandelt. Arbeitsproben und Unterlagen bitte an … Ich schaltete den Fernseher wieder aus und schaute erneut aus dem Fenster. Ich könnte einen irischen Whiskey bestellen und mir einen antrinken. Aber wenn dann Susan anrief … Es war jetzt dunkel, und das Weiße Haus leuchtete im Scheinwerferlicht. Ich dachte über Ronni Alexander nach, wie sie sich bemüht hatte, Yvonne de Carlo zu sein, und ich dachte an den Ausdruck auf Alexanders Gesicht, als er mich mit dem Band allein ließ. Ich dachte an die glücklichen Menschen, denen Susan sich widmete. 50 Minuten ungeteilte Aufmerksamkeit von Susan. Verdammt.

Im Weißen Haus fand eine Party statt. Eine Limousine nach der anderen kam die Auffahrt herauf, und Leute stiegen aus. Einige Leute kamen nicht in Limousinen. Sie kamen einfach zu Fuß die Auffahrt herauf. Vielleicht hatten sie ein Taxi genommen. Ich habe mich immer schon gefragt, wie man das am besten herausbringt: *1600 Pennsylvania Avenue, guter Mann, und geben Sie den Pferdchen die Sporen.* Der Präsident und die First Lady waren vielleicht gerade dabei, sich anzuziehen. Oder vielleicht knutschten sie gerade. Oder … Irgendwer klopfte an meine Tür. Ich stand auf, öffnete sie, und da stand Susan in einem Mantel aus silbernem Waschbärfell. Sie hatte eine Flasche Champagner unter dem Arm und roch so gut wie Eden im Frühling.

„Hast du wirklich ‚Beistand der Erkrankten' zu unserer Abteilungssekretärin gesagt?", fragte sie.

„Ja", sagte ich. „Ich glaube, sie war beleidigt."

Ich trat zur Seite, und sie kam herein, stellte den Champagner auf die Kommode, drehte sich zu mir und lächelte. Ich stand da und starrte sie an. Es gab Augenblicke, da hätte ich sie erwürgen können. Aber nie, wenn sie bei mir war. Ihre Gegenwart überwältigte alles und jeden.

„Mein Gott“, sagte ich.

Sie öffnete ihre Arme, und ich umfasste sie und drückte sie an mich.

Sie hob ihr Gesicht, und ich küsste sie. Ich hatte das Gefühl, als würde ich zerfließen.

Susan war frisch und fröhlich. „Jetzt hast du eine Entscheidung zu fällen“, sagte sie. „Möchtest du den Champagner trinken, bevor wir ins Bett springen, oder nachher?“

Eine leichte Entscheidung.

Danach setzten wir uns im Bett auf und tranken den Champagner aus Wassergläsern.

„Siehst du“, sagte Susan. „Ich leiste den Erkrankten Beistand.“

„Ja“, sagte ich. „Ein guter Beistand.“

Susan trank vom Champagner.

„Hat Paul dich an Thanksgiving besucht?“

„Ja. Wir sind essen gegangen. Was hast du gemacht?“

„Es war toll. John, unser Doktorvater, hat uns, wir waren fünf oder sechs, zu sich nach Bethesda eingeladen. Im Ganzen waren 25 Leute bei ihm zu Gast, darunter auch ein paar mächtig wichtige Mediziner.“

„Soso. Und wie viele von ihnen können einen einarmigen Liegestütz?“

Susan lächelte und trank den nächsten Schluck Champagner.

„Erzähl mir, was du hier treibst“, sagte sie.

„Außer meiner Suche um Beistand?“

Sie nickte.

„Ich arbeite für einen Kongressabgeordneten“, sagte ich.

„Du? Das sieht dir gar nicht ähnlich.“

„Mag sein, dass es nur ein Vorwand war, um nach Washington zu kommen“, sagte ich.

„Ich kann mir nicht denken, dass du dafür einen Vorwand brauchst."

Ich zuckte mit den Schultern. „Egal", sagte ich, „ich arbeite für einen Kongressabgeordneten namens Meade Alexander."

„Meade Alexander? Gütiger Gott, und was hält er von dir?"

Ich verteilte den Rest Champagner gleichmäßig in unsere beiden Gläser. „Er hat kein Glück mit seiner Ehe gehabt", sagte ich.

Susan lehnte sich ein wenig zurück in ihre Kissen, und ich erzählte ihr von Meade und Ronni Alexander.

Als ich fertig war, sagte Susan: „Die arme Frau."

„Darüber habe ich mir nicht allzu viele Gedanken gemacht", sagte ich. „Ich habe mich wohl eher mit Alexander identifiziert."

Susan nickte. „Sie muss sehr verzweifelt sein."

„Das sind die meisten Leute", sagte ich.

17

Ich setzte Susan am nächsten Morgen pünktlich um 8:15 Uhr vor dem Medical Center an der Michigan Avenue ab.

„Wenn du in den selben Klamotten zur Arbeit kommst, kriegen die Leute dann nicht den Verdacht, dass du die Nacht in einem fremden Bett zugebracht hast?", fragte ich.

„Das hoffe ich doch", sagte Susan.

„Sehen wir uns, wenn du fertig bist?", fragte ich.

Sie schüttelte den Kopf. „Heute Abend kann ich nicht", sagte sie. „Das ganze Team trifft sich zum Abendessen. Ein Potluck Dinner. Gibt es einmal im Monat, soll die Moral heben."

Ich nickte.

„Wie wäre es mit morgen Abend?“, fragte sie.

„Okay.“

„Ich habe Spätdienst, aber um 20:00 Uhr oder 20:30 Uhr dürfte ich fertig sein.“

„Ich reserviere etwas für 21:00 Uhr“, sagte ich. „Irgendein Vorschlag? Es ist deine Stadt, nicht meine.“

Sie schüttelte den Kopf. „Nein. Ich würde dir sogar zutrauen in Sri Lanka ein gutes Restaurant zu wählen.“

„Irgendwo hat jeder seine Stärken“, sagte ich. „Ich hol dich hier ab.“

„Ja.“ Sie gab mir einen vorsichtigen Abschiedskuss, damit ihr Lippenstift nicht verschmiert wurde, und dann war sie draußen und auf dem Weg zu ihrer Arbeit. Zurück ließ sie den Duft ihres Parfüms. Eine glatte Wertsteigerung für den Mietwagen.

Ich fuhr stadteinwärts auf der North Capitol Street, und dann nahm ich die M Street in Richtung Georgetown.

Georgetown kann man fast prachtvoll nennen. Die Häuser sind elegant, die Lage den Potomac entlang ist herrlich. Man kann die Leinpfade, den alten Chesapeake und Ohio-Kanal entlanglaufen, und in der M Street und der Wisconsin Avenue essen und trinken und einkaufen mit der ermutigenden Sicherheit, dass man schick ist. Wie in Los Angeles und in New York schmückten sich die Restaurants und die Bars mit der Möglichkeit, dass man dort jemand Berühmtem begegnen konnte. Selbst wenn es ein Politiker sein sollte.

Ich stellte den Wagen auf einem Parkstreifen in der Wisconsin Avenue ab. Der frühe Winter in Washington war mild und freundlich. Ich überquerte die Straße, kaufte mir einen Becher Kaffee und betrat ein kleines Geschäft, in dessen Schaufenster Empanadas angepriesen wurden. Aber sie hatten noch keine fertig. Ich schlenderte die Wisconsin Avenue hinunter und grübelte nach einem Plan. Je mehr ich aber nachdachte, desto weniger hatte ich einen. Ich konnte mir ja auch Gedanken darüber machen, welches Restaurant ich für morgen Abend aussuchen sollte. Doch das würde Meade und Ronni nicht viel nutzen. Vielleicht gab es gar nicht mehr viel, was man für Meade und Ronni noch tun konnte. Ich hielt an der Ecke zur Reservoir Avenue an, um aus meinem Kaffeebecher zu trinken. Erst die zweite Tasse des Tages. Dann ging ich weiter. Ich konnte nicht mit Ronni reden. Ich konnte nicht einmal andeuten, dass sie nicht perfekt war. Ich hatte aus Vinnie alles herausgekriegt, was aus ihm herauszukriegen war, und Vinnie war die reine Plaudertasche im Vergleich zu Joe Broz. Das Letzte, was ich von dem zu hören bekommen hatte, lag schon einige Jahre zurück. Da meinte er, er würde mich erschießen. Nicht viele Leute halten ihre Versprechen. Ich wusste, dass Broz eine Kopie des Videos von Ronnis Abenteuer hatte. Ich wusste nicht, wie er daran gekommen war. Ich trank meinen Kaffee aus und sah mich um, wohin ich den Pappbecher werfen konnte. Den Müll auf die Straße zu werfen, galt in Georgetown möglicherweise als Kapitalverbrechen. Vielleicht bekam ich es heraus, wenn ich die ganze Sache von Anfang an rekonstruierte. Broz hatte Browne vor ein paar Jahren gekauft. Dieses Jahr nun schien Brownes Position durch Meade Alexander gefährdet. Von irgendwem hatte Broz Videobänder mit Mrs. Alexander, und eine Kopie hatte er Meade geschickt und ihn aufgefordert auszusteigen. Vermutlich, aber nicht sicher war er auch verantwortlich für die Morddrohungen, die zunächst dazu geführt hatten, dass ich angeheuert wurde. Nachweislich verantwortlich war er für die beiden Schläger in Springfield, die die beiden Wahlhelfer aufgemischt hatten. Ich konnte

Broz' Kandidaten, Browne, durchleuchten, aber selbst wenn ich ihn festgenagelt kriegte, hätte Broz noch immer Alexander in der Hand, solange er diese belastenden Bänder hatte. Und meine Aufgabe war es, Ronnis guten Ruf zu schützen. Alles andere war unwichtig. Das war mir klar. Ich stimmte dem sogar zu. Ich erreichte die Ecke zur M Street und bog nach rechts ein. Wenn ich das Band zurückbekäme, würde das nicht viel ändern. Man konnte ja nicht wissen, wie viele Kopien existierten oder ob es noch andere Filme von Ronni gab. Es gab keine Garantie dafür, dass nicht noch andere vorhanden waren. Auf der anderen Seite der M Street gab es ein Gebäude, das *The Market* hieß.

Ich ging hinüber. Es war eine kleinere Version des Quincy-Markt in Boston, eine Ansammlung kleiner malerischer Stände unter dem Dach eines alten Ziegelgebäudes. Ich kaufte einen Kaffee von einer jungen Frau. Sie trug ein rotkariertes Kopftuch, das sie sich zu einem Stirnband zusammengerollt hatte, und ein weißes T-Shirt mit einem College-Wappen und darüber dem Schriftzug „Hoyas". Das T-Shirt war recht eng, und die Buchstaben waren ein wenig auseinandergezogen. Ich las die Schrift sorgfältig. Ein Detektiv lernt es, die Dinge genau zu studieren. Es war noch früh, und der Markt noch fast leer. Ich durchquerte ihn und sah mir das viele Essen an. Dabei hatte ich dauernd mit mir zu kämpfen, dass ich nicht von allem probierte. Aber wieder gewann der eiserne Wille, und ich verließ den Ort bloß mit dem schwarzen Kaffee in der Hand. Eine Tasse mehr würde mich auch nicht gleich umbringen. Vielleicht könnte ich auf dem Rückweg meines Spaziergangs noch einmal hier vorbeischauen und ich fasste einen Plan: Ich würde mir ein Siegesmittagessen gönnen. Ich würde von allem einmal probieren und vielleicht noch einen kleinen Schwatz mit dem jungen Mädchen und ihrem T-Shirt halten. „Hoyas“. Auf dem flacheren Teil ihres Körpers unterhalb der Brust hatte eine kampflustige Bulldogge mit einer Melone auf dem Kopf geprangt, die aufgrund ihrer Position weniger deformiert ausgesehen hatte. Ich bog in eine Seitenstraße ab und ging zum Kanal. Zwei Jogger liefen gemächlich den Leinpfad entlang. Ich hatte das Wappen schon einmal gesehen, und zwar auf dem Bierkrug auf dem Band mit Ronni Alexander. Ich blieb mit einem Ruck stehen. Meinen Kaffee hatte ich halb ausgetrunken. Ich stand stocksteif und trank ihn in kleinen Schlucken aus. Universität von Georgetown. Joe Broz. Ronni Alexander. Kam ich so weiter?

Ich betrat ein schickes Einkaufszentrum in einem Hochhaus, wo alles aus Gold und Marmor war und so aussah, als sei es von Caligulas letztem Geburtstag übriggeblieben. Unten in der Nähe der öffentlichen Toiletten waren ein paar Telefonzellen versteckt, und dort hingen auch Telefonbücher von Washington. Ich sah unter B nach, und es gab ihn – Gerald Broz gelistet unter einer Adresse in Georgetown. Wie viele Broz' konnte es dort geben? Ich fand die Nummer der Universitätsverwaltung der Georgetown University, rief an und fragte, ob an ihrem College ein Gerry Broz gemeldet sei. Sie bestätigten das. Ich fragte, ob sie mir die Adresse geben könnten, aber sie lehnten ab. Wenn ich jedoch wollte, könnte ich meinen Namen und meine Telefonnummer hinterlassen, und sie würden dann Mr. Broz bitten, mich anzurufen. Ich sagte, das sei nicht nötig, und hängte auf. Mein Plan nahm Gestalt an. Es war noch ein wenig zu früh, um zum Markt zurückzugehen und alles aufzuessen, aber als Ziel behielt ich die Sache im Auge. Ein Mann ist nur so gut, wie seine Träume.

Ich schlug Gerry Broz' Adresse im Telefonbuch nach, dann machte ich mich wieder auf den Weg und schlenderte in westlicher Richtung die M Street hinunter. Gerry wohnte an der Ecke M Street und 35. gegenüber Key Bridge. Das Haus hatte drei Stockwerke und lag auf der Ostseite der M Street. Von den Fensterwänden in jedem Stockwerk hatte man freien Blick hinunter auf den Potomac. Bestens geeignet um drinnen bei Tageslicht Videoaufnahmen zu machen. Sogar der unterste Stock war gegen Einblicke geschützt, weil darunter noch auf der Straßenebene eine Garage für drei Wagen war. Ich ging zum Haus hinüber und sah mir die Postkästen an. Es gab drei Wohnungen, eine pro Stockwerk, und G. Broz hatte die oberste. Ich ging wieder zurück und stand an der Ecke. Das Wetter war nicht mehr so freundlich. Wolken waren aufgezogen, die Temperatur gefallen, und es war Wind aufgekommen. Verglichen mit dem Dezember in Boston, war es noch ein laues Lüftchen, aber für Washington war es schon kalt. Ich klappte den Kragen meines Ledermantels hoch. Ich schaute noch eine Weile zu dem Apartment hinauf. Es fing an zu regnen, und so, wie die Temperatur nun einmal war, dauerte es nicht lange, bis sich der Regen mit Schnee mischte. Ich drückte mich ein wenig näher an die Wand des Spirituosengeschäfts, vor dem ich an der Ecke stand. Ob Boston Blackie wohl auch die ganze Zeit so im kalten Regen an der Ecke stand und sich fragte: Was jetzt? Wohl eher nicht. In letzter Zeit schien ich mir diese Frage noch ziemlich oft zu stellen. Dass ich es bloß für mich richtig mache, reicht jetzt nicht mehr. Wie konnte ein achtzehn Jahre alter Kerl so etwas wissen? Kluger kleiner Mistkerl. Wahrscheinlich verschwendete er auch nicht jede Menge Zeit, indem er an kalten Ecken stand und sich fragte: Was nun?

Ich könnte in das Apartment einbrechen, aber was würde mir das bringen? Ich wüsste es erst hinterher. Wenn er mich erwischte, würde er wissen, dass ich wegen der Bänder da war, ob er nun selber etwas damit zu tun hatte oder nicht, aber es wäre ein verdammter Zufall, wenn er nichts damit zu tun hätte. Vinnie hatte sich bestimmt mit Broz darüber unterhalten und Broz mit Gerry. Ich kam zu dem Schluss, dass bei ihm einzusteigen jedenfalls besser war als das, was ich gerade tat. Also ging ich über die Straße und läutete bei Gerry Broz. Keine Reaktion. Ich läutete ziemlich lange, um sicherzugehen. Vielleicht war Gerry in der Uni. Vermutlich befassten sie sich dort mit Savonarola und der italienischen Renaissance oder es wurde über die Fehler in Malthus' Bevölkerungslehre nachgedacht.

Die Haustür war kein Problem. Sie hielt mich weniger als eine Minute auf. Aber Broz' Wohnungstür war nicht so leicht. Sie hatte eindeutig ein extra eingebautes Spezialschloss. Es war sozusagen professioneller im Zuhalten als ich im Aufknacken. Auch die Tür war eine Spezialanfertigung, und ich sah, dass man sie nicht auftreten konnte. Ich ging ein Stockwerk tiefer und klopfte an die dortige Apartmenttür. Niemand meldete sich. Die Tür hatte ein gewöhnliches Schloss.

Nachdem ich drinnen war und die Tür wieder hinter mir geschlossen hatte, ging ich direkt zur Fensterwand, öffnete die Schiebetüren und betrat den kleinen Balkon. Ohne zu zögern, und den Anschein erweckend, dass mein Verhalten ganz normal sei, zog ich meinen Mantel aus, warf ihn hinunter auf die Straße, kletterte auf das Balkongeländer, hielt mich am unteren Rand von Broz' Geländer fest und zog mich hinauf. Schließlich griff ich mit einer Hand über das Geländer, zog mich hoch und schwang mich auf seinen Balkon. Ich schnaufte nicht einmal. „Der Große Wallenda." Ich warf einen beiläufigen Blick auf die Straße hinunter. Es gab keinen Auflauf. Kein Polizist schrie zu mir herauf, keine besorgten Bürger zeigten mit dem Finger auf mich. Ich stellte mich nahe an die Glastür, zog meinen Revolver heraus und zerschlug das Glas rund um den Türgriff. Noch immer kein Geschrei und Gezeter. Und selbst wenn – ganz sicher hatten die Cops in Georgetown nur Vogelflinten bei sich, und ich war außer Reichweite. Ich griff durch das Loch und klinkte die Tür auf. Dann zog ich vorsichtig meine Hand zurück. Man schneidet sich die Hand nie, wenn man hineingreift, sondern immer nur beim Herausziehen, weil man dann unvorsichtig wird. Ich schob die Tür auf, ging hinein und schloss sie hinter mir.

Es war der Raum. Bett, Kommode, Schreibtisch, Bierkrug mit Stiften. Links von mir über der massiven Kommode befand sich ein sehr großer Spiegel im Mahagonirahmen, der an allen vier Ecken mit Winkelhaken an der Wand befestigt war. Eine der Türen führte in ein geräumiges, grün gekacheltes Badezimmer mit einem Waschbecken aus italienischem Marmor. Darüber befand sich wieder ein großer Spiegel. An der anderen Seite des Badezimmers befand sich eine weitere Tür. Ich öffnete sie und fand dahinter noch ein Schlafzimmer. Ich machte eine schnelle Runde durch die ganze Wohnung, um sicher zu sein, dass ich allein war. Die Schlafzimmer und das sie verbindende Badezimmer lagen an der Frontseite des Hauses. Auf der anderen Seite waren Ess- und Wohnraum und die Küche. Von dort sah man durch normalgroße Fenster nach Georgetown hinunter. Die Wohnung war teuer eingerichtet, alles in Mahagoni, und auf dem Boden lagen wertvolle Teppiche.

Ich ging zurück ins Badezimmer und sah mir den Spiegel über dem Waschbecken an. Rechts war er an einem Scharnier befestigt. Ich klappte ihn auf, duckte mich darunter hindurch, und schob ihn zur Seite, bis er den Kristallrahmen berührte, der ihn umgab. Dahinter war, wie erwartet, die durchsichtige Seite eines Spiegels. Sie erlaubte einen Blick durch das ganze Schlafzimmer auf der anderen Seite. Von hier aus ließ sich alles, was dort passierte, beobachten und wenn man wollte, sogar aufnehmen. Von hier aus wurde Ronni Alexanders Videofilm-Debüt (soweit ich wusste) aufgenommen.

Ich schloss den Spiegel und durchsuchte die restliche Wohnung.

Ich war nicht vorsichtig dabei. Die zerbrochene Balkontür ließ ja keinen Zweifel, dass eingebrochen worden war. Ich verfolgte einen doppelten Zweck: Zum einen suchte ich nach Dingen, die mir nützlich sein könnten, zum Beispiel weitere Videobänder oder ein Foto von Gerry Broz, zum anderen sollte der Eindruck entstehen, als hätte ein Dieb ziellos nach Beute gesucht. Es gab schließlich keinen Grund, Gerry vorsichtiger zu machen als nötig.

Die Wohnung hatte einen Wandsafe. Ich drehte am Griff. Er war verschlossen. Ich schenkte ihm keinen zweiten Blick. Ich kannte meine Grenzen.

Es gab nichts weiter in der Wohnung, das in der Wohnung eines wohlhabenden College-Studenten eine Überraschung bedeutet hätte. Soweit ich das sehen konnte, hatte Gerry keinen Mitbewohner. Es war fast 11:45 Uhr, als ich mit meiner Arbeit fertig war. Das Schloss, das von außen nicht zu knacken gewesen war, ließ sich von innen leicht öffnen. Ich nahm ungefähr zwanzig Dollar mit, die ich in einer alten Tabakdose in losen Scheinen und Münzen gefunden hatte, und etwas, das mir wie eine kleine Portion Kokain vorkam. Außerdem ließ ich noch ein Paar diamantene Manschettenknöpfe mitgehen. Dann ging ich hinaus. Draußen ging ich auf die Brücke und ließ unauffällig das Kokain und die

Manschettenknöpfe ins Wasser fallen. Das Geld war ja nicht belastend. Ich behielt es, um es auf dem Markt auszugeben.

18

Als ich auf dem Markt ankam, kaufte ich mir ein Wurstsandwich mit gebratener Paprika auf französischem Brot und dazu meine absolut letzte Tasse Kaffee für den Tag. Es war mein Siegesmittagessen, aber ich mogelte dabei. Ich wusste zwar eine Menge mehr als zu dem Zeitpunkt, an dem ich die vollbusige junge Frau in ihrem „Hoyas"-T-Shirt zum ersten Mal gesehen hatte, aber ich war, soweit ich das überblicken konnte, der Lösung von Alexanders Problem noch keinen Schritt näher gekommen.

Andererseits wusste ich jetzt, wie Broz an den Film gekommen war. Was ich nicht wusste, war, wie der Junge an den Film gekommen war. Er musste zwanzig, höchstens einundzwanzig Jahre alt sein. Ronni Alexander war mehr als zweimal so alt wie er. Wo hatten sich ihre Wege gekreuzt? Wie, zum Teufel, war sie in sein Apartment gekommen – noch dazu in einer so intimen Angelegenheit? Machte sich die 46 Jahre alte Frau eines Kongressabgeordneten der Vereinigten Staaten an College-Jungs ran? Möglich war es. Und wenn es so war, hatte sie sich einen guten herausgefischt. Was für ein Glück.

Ich aß mein Sandwich auf und trank den letzten Schluck meiner letzten Tasse Kaffee. Ich sah auf meine Uhr, 12:40 Uhr. Noch rund 17 Stunden bis zum Frühstück. Kaffee zum Frühstück, das ging in Ordnung. Ich ging zurück zu meinem Wagen in der Wisconsin Avenue und fuhr wieder ins *Hay Adams*.

Vom Hotel aus rief ich Martin Quirk an, der aber nicht da war. Stattdessen ging Belson an den Apparat.

Ich sagte: „Ich bin in Washington, D.C., und ich brauche alles, was ihr über Broz' Sohn Gerald habt."

Er sagte: „Wer bin ich denn, die Bahnhofsmission?"

Ich sagte: „Wenn du das für mich machst, bringe ich dir nach meiner Rückkehr eine ganze Kiste Rolling Rock Extra Pale in Langhalsflaschen mit, sogar mit Pfand drauf."

„Versuchst du etwa gerade, einen Hüter des Gesetzes zu bestechen?"

„Ja."

„Dann will ich mal sehen, was ich für dich tun kann", sagte Belson. „Ich rufe zurück."

Ich gab ihm meine Nummer, legte auf, stand auf und schaute aus dem Fenster auf das Weiße Haus. Unten, zwischen mir und dem Weißen Haus, waren auf meiner Seite der Pennsylvania Avenue drei Busladungen von Leuten auf die Straße geströmt und demonstrierten ihre Unterstützung für irgendetwas im Lafayette Park. Ich beobachtete sie eine Zeitlang, aber ich bekam nicht heraus, worum es bei ihrer Demonstration ging. Also ließ ich meinen Blick wieder zum Weißen Haus hinüberwandern. Die Mischung aus Regen, Schnee und Graupel fiel noch immer vom Himmel. Ich zog das Telefonbuch hervor und schaute in den Gelben Seiten unter Restaurants nach, ob ich irgendetwas fand, an das ich mich erinnerte. Während ich noch blätterte, rief Belson an.

„Gerald Joseph Broz", sagte Belson. „Geboren am 18. November 1962. 1,83 Meter groß, 87 Kilo schwer, schwarze Haare, braune Augen, keine Narben oder sonstige Erkennungsmerkmale. Keine Festnahmen registriert. Derzeit im letzten Jahr an der Georgetown University in Washington, D.C. Politische Wissenschaft im Hauptfach."

„Habt ihr ein Foto?“, fragte ich. „Nein.“

„Wird er ins Familiengeschäft einsteigen, wenn er den Abschluss hat?“

„Keine Ahnung. Er ist der älteste Sohn, man glaubt, dass er es tun wird, aber keiner weiß es mit Sicherheit. Soweit bei dem Organisierten Verbrechen bekannt, ist er sauber.“

Ich sagte: „Danke.“

„Gern geschehen. Wann kriege ich das Bier?“

„Sobald ich zurück bin“, sagte ich. „Kommst mich ja nicht teuer.“

„Nicht teuer?“, sagte Belson. „Du Trottel, du hättest mich schon für ein Sechserpack gekriegt.“

Ich legte auf, beugte mich wieder über meine Restaurantliste und fand eines, an das ich mich erinnerte. Ich rief an und ließ einen Tisch reservieren.

Dann rief ich Wayne Cosgrove beim *Boston Globe* an, um zu fragen, ob sie ein Foto von Gerry Broz hätten. Er war nicht da. Ich sah auf meine Uhr. 14:15 Uhr. Noch sechs Stunden, bis ich Susan abholen konnte. Zeit für Aus- und Rückblicke.

Paragraf sechs des Handbuchs für Schnüffler sagt: Im Zweifel verfolge jemand. Paragraf sieben sagt: Wenn du Zeit hast, verfolge jemand. Ich hatte Zeit, und ich wusste nichts anderes zu tun, also zog ich meinen Ledermantel an und meinen neuen flachen Cowboyhut, den mir Susan zum Geburtstag geschenkt hatte, und machte mich zurück auf den Weg nach Georgetown.

Die Rückfahrt war schwieriger. Es lagen fast drei Zentimeter Schnee, und Washington war bereits am Rand der Hysterie. Über Rundfunk wurde verkündet, dass der Schulunterricht ausfiele, und alle zehn Minuten gab es neue Lageberichte über das Unwetter. Es dauerte fast eine halbe Stunde, bis ich vor einer Parkuhr auf der M Street, nur einen halben Block von Gerry Broz' Apartment entfernt hielt.

An der Ecke M und 35. trieb ich mich vor dem Spirituosengeschäft herum und prüfte mein Spiegelbild im Schaufenster. Tatsächlich war der Cowboyhut, den mir Susan zunächst gekauft hatte, eines von diesen hohen Zehn-Gallonen-Dingern gewesen mit einer Feder im Hutband, wie sie Willie Stargell trägt. Aber als ich ihn anprobierte, hatte ich keineswegs so ausgesehen wie Willie Stargell. Ich hatte ausgesehen wie Frito Bandito. Also brachten wir ihn zurück und tauschten ihn gegen den bescheideneren Gunclub Stetson ein, mit einer eher dezenten Feder, von der Größe eines Kükenschwanzes, im Band. Susan wollte auch, dass ich Cowboystiefel holte, doch dafür fühlte ich mich noch nicht reif genug. Wenn es weiter aufwärts ging mit mir, dann konnte ich auch solche Stiefel anziehen und dazu vielleicht zwei Munitionsgürtel überkreuz im selben Farbton tragen.

Als ich so dastand und meine Erscheinung überdachte, hielt ein Ford-Lieferwagen vor Broz' Haus. Auf der Seitenwand stand „Canal Glass“. Zwei Kerle stiegen aus, hoben eine große Glasscheibe von der Ladefläche und trugen sie ins Haus. Nach ein paar Minuten konnte ich sehen, wie sie sich mit Broz' zerbrochener Balkontür beschäftigten. Es waren keine Polizeifahrzeuge in der Nähe zu sehen. Ich tippte darauf, dass Broz die Sache nicht gemeldet hatte. Ein Sohn von Joe Broz rief nicht die Cops. Er würde den Vorfall entweder ignorieren oder ihn von Vaters Verein regeln lassen. Insgesamt hoffte ich, dass er ihn ignorieren würde.

Die Leute von *Canal Glass* brauchten vielleicht eine Stunde, bis sie die alte Scheibe herausgenommen und die neue eingesetzt hatten. Während der Zeit bewegte sich sonst nichts in der Wohnung. Der Schnee, ab und zu noch vermischt mit

Regen, fiel weiter. Das meiste von ihm schmolz, nur wenig blieb liegen. Wagen, die von der Key Bridge kamen, drehten ständig mit heulenden Hinterrädern durch. Die beiden Arbeiter kamen mit der kaputten Scheibe herunter, legten sie auf die Ladefläche, stiegen ein und rauschten davon. Oben in Broz' Wohnung war nun alles wieder sicher. Als ich hinaufschaute, gingen die Lichter im Schlafzimmer an, brannten für etwa drei Minuten und gingen dann wieder aus. Ungefähr eine Minute später verließ jemand das Haus. Es war ein junger Mann mit dunklen Haaren. Er sah so aus, als wäre er etwa 1,83 Meter groß und propere 87 Kilo schwer. Und er sah auch dem Partner in Ronni Alexanders Film ähnlich.

Trotzdem musste es sich nicht um Gerry Broz handeln. Es gab noch zwei weitere Wohnungen, und vielleicht wohnten in denen noch jeweils mehrere Personen. Es konnte irgendwer anders sein. Aber es konnte auch er sein. Also kam Paragraf sechs zum Zuge. Er ging die 35. Straße hinauf. Ich folgte ihm.

Wo die 35. Straße vom Fluss weg hinaufführt, geht die Straße so steil bergauf, als wäre man in San Fransico. Der Matsch aus Schnee und Regen machte die Sache auch nicht gerade leichter. Sowohl Broz als auch ich hinter ihm wendeten viel Energie auf, um nach oben zu gelangen. Wir bogen nach links in die Prospect Street ein, gingen zwei Blocks weiter und standen vor der Georgetown University. Broz ging direkt in die Bibliothek, griff sich einen Stapel gebundener Zeitschriften, setzte sich in den Lesesaal und blätterte sie durch, ab und an Notizen machend. Von meinem Sitzplatz aus konnte ich nicht erkennen, was für Zeitschriften er durcharbeitete. Ich schaute mich hier und da im Lesesaal und den angrenzenden Räumen um. Außer am Ausgang, der wie der Sicherheitsbereich in einem Flughafen aussah, schenkte mir niemand auch nur die geringste Beachtung. Viele Studentinnen gingen ihrer Arbeit nach, ohne von mir Notiz zu nehmen. Das gefiel mir nicht.

Eine von ihnen schenkte allerdings meinem Beobachtungsobjekt Beachtung. Sie kam in engen Jeans und einer grünen Weste über einem dicken weißen Pullover herein, setzte sich meinem Objekt gegenüber und fragte: „Wie lief es mit deiner Abschlussprüfung in Politikwissenschaft, Gerry?"

„Ich glaube, das war ne Eins", sagte Gerry. „Und bei dir?"

„Ich glaube, ich hatte den Stoff drauf, aber dieser Bastard Ekkberg hasst mich."

Gerry zuckte mit den Schultern. „Ekky hasst alle, besonders Frauen."

Sie nickte. Sie schwatzten noch ein bisschen weiter, dann stand die Frau auf und ging. Wenn sich da oben keiner einen Scherz mit mir erlaubte, dann war dieser Gerry auch Gerry Broz. Er sah sogar aus wie sein Vater bzw. wie dieser mal ausgesehen hatte. Er strahlte irgendwie etwas Theatralisches aus. Er saß da, als wüsste er, dass man ihn von allen Seiten beobachtete. Aber er sah sanfter aus als sein Vater. Eher muskelarm als übergewichtig, als würde er sich nur immer ganz langsam fortbewegen. Er hatte seinen braunen Parka mit blauem Futter, den er auf dem Weg zur Bibliothek getragen hatte, ausgezogen. Er trug ein blaues Oxford-Hemd aus Wollstoff mit Button-Down-Kragen und Chinohosen, dazu Frye-Stiefel. Um den Leib hatte er einen blauen Gürtel, bei dem in der Mitte ein roter Streifen verlief, und seine Haare waren kurz und sorgfältig geschnitten. Je länger ich ihn mir anschaute, desto sicherer war ich, dass er der Mann auf dem Videoband war: Gerry Broz.

Um 18:30 Uhr stand Gerry auf, zog seinen Parka an, stopfte sein Notizbuch in eine grüne Aktentasche und verließ die Bibliothek. Am Ausgang ließ er den Inhalt seiner Tasche prüfen, und dann ging er, mit mir in diskretem Abstand hinter ihm, hinaus in die Dunkelheit, erreichte seine Wohnung und ging hinein. Ich ließ ihn dort zurück. Es war Zeit, sich für Susan fertig zu machen.

19

Ich war wie aus dem Ei gepellt. Dunkelblauer Anzug mit Weste, feiner Nadelstreifen, Seidentüchlein in der Brusttasche, dunkelrote Krawatte mit winzigen weißen Punkten. Weißes Hemd mit Stehkragen und französischen Manschetten. Die Cordovan Halbschuhe blankgeputzt. Ich war glattrasiert, und meine Zähne funkelten. Wäre das Wetter besser gewesen, ich hätte eine weiße Flanellhose angezogen und wäre mit ihr den Strand entlangspaziert. Stattdessen saß ich mit Susan beim Bankett im *Rive Gauche* und bestellte mir ein Bier.

Susan sagte: „Dewar's mit Wasser", zum Ober.

Rechts von uns saß eine Familie zusammen, offensichtlich Mutter und Vater mit Sohn und Schwiegertochter. Der alte Herr erklärte seinem Sohn und der Schwiegertochter, was für ein toller Hecht er sei. Hin und wieder pflichtete ihm die Mutter bei und erklärte, ja, er sei ein wirklich toller Hecht. Der Sohn und seine Frau hörten düster-schweigend zu, wobei sich die Schwiegertochter ein strahlendes Lächeln abzwang. Offensichtlich zahlten die Eltern.

Es gab nur noch wenig andere Leute im Saal. Das schreckliche Unwetter hatte Washington paralysiert, und das bei Schneeverwehungen von gerade vier Zentimetern an den Rändern einiger größerer Straßen der Stadt.

Der Ober brachte unsere Getränke. „Dewar's mit Wasser?", fragte ich.

„Ja. Mir persönlich ist es ja egal, aber auf der Arbeit meinen alle, dass man, wenn man den Namen nicht erwähnt, nur die Hausmarke bekommt."

Ich trank einen Schluck von meinem Bier. Molson. Das *Rive Gauche* führte ebenfalls kein Rolling Rock Extra Pale. Der tolle Hecht am Nachbartisch erzählte gerade seinem Jungen, wie zäh man sein muss, um im Geschäftsleben oben zu bleiben, und brachte dazu ein paar Beispiele, wie zäh er neulich erst gewesen sei.

„Es ist einsam an der Spitze", sagte ich zu Susan.

„Einsam, aber nicht leise", sagte Susan.

„Wie wär's, wenn ich ihm drohe, ihn umzulegen, falls er nicht den Mund hält?"

„Vielleicht würde es klappen, aber der Rest des Abends wäre dann wohl ein wenig angespannt."

„Ich weiß. Das Leben ist nie einfach, was?"

Susan zuckte mit den Schultern. „Er freut sich über seinen Erfolg. Er möchte seinem Sohn etwas von dem mitgeben, was er weiß. Er bläst sich ein bisschen auf. Ich bin nicht sicher, ob das schon unter schwere Delikte fällt."

„Er protzt vor seiner Schwiegertochter", sagte ich.

Susan zuckte noch einmal mit den Schultern und lächelte. „Er ist ein Mann."

Der Ober erschien, um unsere Bestellungen entgegenzunehmen. Ich bestellte Taube, gefüllt mit Kraut. Susan eine Seezunge Veronique. Ich bat um die Weinkarte. Der tolle Hecht zählte ein paar Leute auf, die er erst neulich gefeuert hatte. Ich studierte die Weinkarte. Selbstbeherrschung. Wenn ich mich auf Susan und das Essen und den Wein konzentrierte, dann konnte ich den Kerl sicher ausblenden. Es war einfach eine Sache der Selbstbeherrschung. Der Weinkellner kam an den Tisch. Ich bestellte Gewürztraminer. Er lächelte bestätigend, wie sie das alle tun, nahm die Weinkarte und verschwand.

Der tolle Hecht zeigte seinem Sohn ein paar Möglichkeiten auf, wie man sich beruflich verbessern könne. Ich konnte fühlen, wie sich die Muskeln an meinen Schultern ein bisschen zusammenzogen. Susan bemerkte, wie ich sie zu lockern versuchte.

„Genau dein Typ, nicht wahr?", sagte sie.

„Nimmt seine Arbeit ernst", sagte ich.

„Tust du das nicht?"

„Nicht so ernst, wie ich dich nehme", sagte ich.

Das Essen kam, dazu der Wein. Wir waren still, während serviert wurde.

Als die Kellner weg waren, fragte Susan: „War da ein wenig Kritik in deiner Antwort versteckt?"

Ich erwiderte nichts.

„Meinst du, ich nehme meine Arbeit ernster, als ich dich nehme?"

„Mit dem Risiko, das in jeder Vereinfachung steckt", sagte ich, „ja".

„Weil ich wegen meiner Arbeit weg von dir bin?"

„Teilweise."

„Deine Arbeit bringt dich auch von mir weg. Wo ist der Unterschied?"

„Wenn ich wegfahre, dann tue ich das, weil ich muss", sagte ich. „Du hättest auch in Boston bleiben können." Susan wollte etwas sagen, ich hob die Hand. „Es ist mehr als das. Du bist freiwillig gegangen, du bist nicht …" Je länger ich redete, desto mürrischer klang es. Dabei war ich innerlich nicht mürrisch. „Du bist nicht traurig. Es geht dir gut."

„Und dir wäre es lieber, das täte es nicht?“

Als ich ein kleiner Junge war, hat mir mal jemand erzählt, dass das Blut in unseren Adern blau sei, so wie es durch die Haut scheint, und es würde erst rot, wenn es an die Luft kommt. So ging es mir jetzt mit dem, was ich fühlte. Solange ich es drinnen behielt, war es anders. Es veränderte seine Farbe, wenn ich es aussprach.

„Es wäre mir lieber, wenn du mich ein bisschen mehr vermissen würdest. “

Susan trank einen Schluck Wein und stellte ihr Glas sehr vorsichtig zurück, als würde der Tisch schwanken. Sie sah eine Zeit lang auf das Glas, als wäre es etwas, das sie plötzlich entdeckt hätte. Dann hob sie ihre Augen und schaute mich an.

„Bis ich 20 war, war ich für meinen Vater die kleine Prinzessin. Dann war ich die Frau meines Mannes, das Schmuckstück zu seiner Karriere, und nach der Scheidung, nicht sehr lange danach, begegnete ich dir und wurde deine“, sie fuhr mit der Hand durch die Luft „Freundin. Immer war *ich* an ein *du* gekoppelt – *du*, mein Vater, *du*, mein Mann, *du*, mein Freund.“

„Wer tat dies?“, fragte ich. Wenn ich ernst bin, kann ich mich präzise ausdrücken.

„Wir alle. *Ich* und *du*, ihr alle. Hier aber werde ich durch keine Linse betrachtet, hier werde *ich* nicht durch ein *du* gesehen. Hier bin ich, was ich bin, und eine ganze Menge Leute sind hier von mir angetan, von dem, was ich selber bin, und weil sie noch nie von dir gehört haben. Ja, ich mag das. Und ja, ich vermisse dich. Aber dich zu vermissen, das ist der Preis, den ich dafür zu bezahlen habe, dass ich ganz ich selbst werde. Wenigstens eine Zeit lang. Und, gottverdammt, es ist ein Preis, den ich gern zahle. Ich hatte irgendwie erwartet, dass gerade du das besser verstehst.“

„Das hatte ich auch gehofft", sagte ich. „Ich tue mein Bestes."

„Und ich auch", sagte Susan mit Nachdruck.

Ich trank einen Schluck Wein. Die Wahrheit geriet mir wieder durcheinander, als ich sie aussprechen wollte. „Ich meine, mit dem, was du sagst, kann ich etwas anfangen", sagte ich. „Aber ich glaube, du bist zu involviert. Du wirst langsam zu deiner Arbeit. Du sprichst nicht mehr wie früher. Du gebrauchst deinen Berufsjargon, du verhältst dich so, wie man es in deinem Berufsfeld erwartet, du weißt, welche Leute wichtig sind, und bleibst in ihrer Nähe. Du glaubst, dass ein Potluck-Dinner die Moral steigert. Ich bin nicht sicher, wie sehr du dadurch du selbst wirst."

„Ich werde nicht ich selbst", sagte Susan. „Ich bin dabei, verschiedene Ichs auszuprobieren und arbeite an einem eigenen Ich. Das ist ein Teil des Problems. Ich hatte nie eine Mitte, einen Kern von Selbstsicherheit und Überzeugtheit. Ich habe bloß die Färbungen angenommen von denen, durch die ich mich definierte, meinem Vater, meinem Mann, meinem …", sie lächelte ein wenig, „… Freund. Natürlich bin ich jetzt ein wenig mehr analytisch als andere Analytiker. Ich bin wie eine Studentin, die ihr erstes Semester an der Uni anfängt. Und wenn es dir hilft, dann sieh mich als jemanden an, der gerade erst sein Nest verlässt. Schon mich nur zu erklären, schränkt mich ein, ist mir lästig, stellt mich bloß. Ich möchte tun, was ich will."

„Es sei denn, dein Doktorvater sagt, du sollst nicht", sagte ich.

„Das ist nicht fair. Das ist nicht … es ist uneinsichtig. Du kommst noch nicht von deiner eigenen Sichtweise los. Du kannst Menschen nicht verstehen, die keinen Moralkodex haben. Und du siehst nicht, dass für Millionen von Menschen, Männer wie Frauen, der Arbeitsplatz eine Art Kodex ist."

Ich schüttelte den Kopf. „Du hast dich genau alldem ausgeliefert, von dem ich mein Leben lang frei zu werden versucht habe. Dafür habe ich gearbeitet."

„Ich weiß", sagte Susan.

„Du bestätigst eine Art zu leben, die ich nicht nur wenig einladend finde, sondern die ich sogar … die ich missbillige."

Susan nickte.

„Ich habe stets angenommen", sagte ich und drehte dabei mein Weinglas, „ich habe stets angenommen, dass deine Art der Identitätssuche eher …", ich drehte den Stiel meines Weinglases langsam zwischen meinen Fingern und betrachtete die Kerbe, die sich dabei ins Tischtuch drückte, „oberflächlich ist."

Susan schaute mich unverwandt an. „Das ist eine Sicht, die du gern jedem aufdrängst, mit dem du näher zu tun hast. Du bist sehr streng in dem, was du glaubst. Das belastet die Menschen."

Ich nickte. „Vielleicht muss sich jemand von mir entfernen, um seine eigenen Ansichten zu entwickeln."

Ich hörte auf, an meinem Weinglas zu drehen, hob es hoch und trank einen Schluck. Dann zog ich die Flasche aus dem Kübel und goss bei Susan und mir nach.

„Aber du bist nicht oberflächlich", sagte ich. „Und wenn du es wärst, würde es auch nichts machen. Ich würde dir immer folgen, bis in die Hölle, sogar zu AT & T."

Susan kostete von ihrer Seezunge.

„Also habe ich unrecht gehabt", sagte ich. „Da frage ich mich, wo ich sonst noch falsch liege. Das lässt mich an mir selbst zweifeln. Meine Autonomie gerät ins Wanken."

Ich nahm einen Bissen von meinem Vogel. Er war köstlich. Ich kostete von dem Kraut. Es hatte einen herrlichen Rauchgeschmack. „Wie kommt's, dass ich noch hungrig bin, obwohl mein Herz gerade zerbricht?", fragte ich.

Susan lächelte. „Alte Gewohnheiten sind schwer abzulegen", sagte sie.

„Der andere Punkt, der mir auf den Magen schlägt", sagte ich, „ist ein Problem der übermäßigen Selbstbezogenheit. Ich habe dir das gegeben, was mir als das Wünschenswerteste auf der Welt erscheint. Ich habe dich ohne Einschränkung geliebt, ganz und gar. Und ich tue es noch. Ich glaube, ich habe das Gefühl, du weißt das nicht zu würdigen."

„Um Himmels willen", sagte Susan. „Du bist tatsächlich menschlich."

„Aber das ist nicht dein Problem, sondern meines, nicht wahr?"

„Ja", sagte Susan. „Es wäre die Sache wert, wenn du einmal darüber nachdächtest, ob du mich meinetwegen liebst oder deinetwegen."

„Das will ich nicht", sagte ich.

„Warum nicht?"

„Jeder braucht sein Luftschloss", sagte ich.

„Liebe?"

„Romantische Liebe", sagte ich. „Ich werde sie nicht aufgeben."

20

Ich beschattete Gerry Broz den ganzen nächsten Tag, während Washington sich wieder langsam von dem erholte, was der Stadt wie der Weltuntergang vorgekommen war. In Boston hätten wir zu diesem Sturm nur gesagt: Der Sturm hat uns knapp verpasst. Gerry unternahm nichts weiter Bemerkenswertes, als dass er wieder zum Unterricht und danach in die Bibliothek ging und dann wieder heim in seine Wohnung.

Ich trottete hinter ihm her und sah mir den Campus der Universität an. Er war groß, zog sich hin vom Georgetown Medical Center an der Reservoir Road bis hinunter zum Steilufer des Flusses. Die älteren Gebäude waren aus Bruchstein gebaut und im neugotischen Stil, die neueren aus Backstein.

Am Abend suchte Gerry die Bibliothek auf und forschte weiter.

Während ich in der Nähe durch die Bücher blätterte, hielten hintereinander drei Kommilitoninnen bei ihm an und schwatzten mit ihm. Zweimal ging er hinaus und rauchte eine Zigarette, und um 21:15 Uhr klappte er sein Notizbuch zu und ging zurück in sein Apartment. Ich beobachtete die Beleuchtung in seinem Schlafzimmer, bis sie um 23:30 Uhr ausging. Dann machte ich mich auf den Weg zurück ins *Hay Adams* und fiel erschöpft ins Bett. Bisweilen sind die Aufregungen eines Erzkriminellen einfach zu viel für einen Mann.

Am nächsten Morgen ging es so weiter, jede Minute ein neuer Nervenkitzel. Diesmal gingen wir nicht zum Unterricht. Wir schlenderten frohgemut die M Street entlang bis zu einem Coffeeshop, wo Gerry sich mit zwei sehr jungen Mädchen unterhielt, die gerade mal auf die Highschool gingen. Sie saßen ungefähr eine halbe Stunde in einer Nische zusammen. Danach ging unser Georgetown-Spaziergang weiter, mit fünfmaliger Unterbrechung. Ich notierte mir die Adressen, bei denen er haltmachte. Bin ja nicht von gestern.

Broz war in keinem der Häuser länger als fünf Minuten. Dann kehrte er zügig wieder zu seinem Apartment zurück, öffnete die Garage, holte einen roten Datsun 280-Z heraus und fuhr Richtung Innenstadt. Ich folgte ihm in meinem Mietwagen. Er fuhr die Pennsylvania Avenue auf das Capitol zu, umrundete es auf einer der Umfahrungsstraßen, dann ging es zurück auf die Pennsylvania hügelaufwärts, südöstlich vom Capitol. Nach ungefähr zwei Blocks parkte er ein, stieg aus und absolvierte eine weitere Reihe von Besuchen wie zuvor in Georgetown. Danach stieg er wieder in den Wagen und fuhr in die F Street, östlich vom Weißen Haus. Dort ging er in den *Old Ebbitt Grill*, wo er zu Mittag aß. In seiner Gesellschaft waren drei Typen in seinem Alter, von denen einer eine Trainingsjacke mit dem Georgetown-Logo anhatte.

Das Restaurant war schmal und altertümlich eingerichtet, ging über drei Stockwerke und war in einzelne kleine Speiseräume eingeteilt. Ich trank ein Bier und aß einen Hamburger an der Bar, während Gerry und seine Kumpane einen Stock höher schmausten.

Als sie gingen, stieg der Typ mit der Trainingsjacke zu Gerry ins Auto, und die beiden anderen folgten ihnen in einer grünen Mazda Limousine. Nummer drei in der Reihe war dann ich. Es ging zurück nach Georgetown. Gerry fuhr seinen Datsun in die Garage, der grüne Mazda parkte draußen auf der Straße. Die vier Männer gingen hinein, und ich blieb draußen.

Ungefähr eine halbe Stunde später tauchten die beiden jungen Mädchen auf, die mit Gerry gefrühstückt hatten, und verschwanden im Haus. Als sie hineingingen, wirkten sie bereits ziemlich aufgekratzt, und als sie gegen 16 Uhr wieder herauskamen, waren sie offensichtlich betrunken. Sie kicherten, als sie an mir vorbei die 35. Straße hinaufschwankten. Ich sah, wie sie sich die Steigung hinaufquälten, schaute zurück zur Wohnung und dann wieder hinter ihnen her. Sie schienen mir im Moment die bessere Wahl zu sein, Paragraf sechs. Ich hüpfte in meinen Wagen und folgte ihnen.

Oben auf dem Hügel trennten sich die Mädchen. Die eine ging weiter geradeaus, die andere bog nach rechts ab in die O Street. Hinter der fuhr ich her.

Sie hatte einen halben Block in der O Street hinter sich, als sie anhielt, um sich eine Zigarette anzuzünden. Sie kämpfte noch mit dem Wind, als ich mit meinem Wagen herankam, stoppte und ausstieg. Sie bemerkte mich nicht, bis ich direkt neben ihr stand. Sie war betrunkener, als es aus der Ferne geschienen hatte, und hielt die Flamme ihres Feuerzeugs fünf Zentimeter rechts von ihrer Zigarette entfernt. Ich nahm es ihr aus der Hand und die Zigarette aus ihrem Mund, zündete sie an und gab sie ihr wieder. Ich zog meine Brieftasche aus der Gesäßtasche und ließ sie dabei einen Blick auf den Revolver in meinem Gürtel werfen. Ich klappte die Brieftasche auf, hielt sie ihr entgegen und ließ sie wieder zuschnappen.

„Ich möchte mit dir reden“, sagte ich. Sie blinzelte mich unsicher an.

„Steig in den Wagen“, sagte ich.

„Was hab ich denn gemacht?“

„Du hast das Recht, die Aussage zu verweigern“, sagte ich. „Du hast das Recht auf einen Anwalt. Wenn du dir keinen Anwalt leisten kannst, wird dir einer gestellt.“

Ich öffnete die Tür. Ich fasste sie am Arm und half ihr in den Wagen.

„Alles, was du sagst, kann und wird vor Gericht gegen dich verwendet werden.“

Ich schlug die Tür zu, ging um das Auto und setzte mich hinter das Steuer.

„Was hab ich denn gemacht?“, wollte sie wieder wissen.

Sie zog unbeholfen an ihrer Zigarette, als hätte sie noch keine großen Erfahrungen damit.

Ich legte den ersten Gang ein, und wir rollten die O Street entlang.

„Ich habe ein paar Fragen an dich", sagte ich.

„Ich will zu meinen Eltern", sagte sie.

„Okay", sagte ich. „Wir fahren zu dir nach Hause. Ich werde dich in ihrem Beisein befragen."

„Nein", sagte sie.

„Okay, dann hör auf, die Unwissende zu spielen. Du bist betrunken in der Öffentlichkeit, du bist minderjährig, du warst bei einer Sex-Orgie, du hast jetzt ziemliche Schwierigkeiten."

Die Sache mit der Sex-Orgie hatte ich mir natürlich ausgedacht. Aber zwei Schulmädchen mit vier Studenten, schon am Nachmittag betrunken, da lag der Gedanke wohl nicht fern. Und selbst wenn es nicht wahr wäre, die Anschuldigung würde ihr Angst einjagen.

„Sie haben kein Recht, mir so was zu sagen", protestierte sie. Aber ihr Protest war schwach.

„Wie heißt du?" Ich strahlte Autorität aus.

„Linda."

„Linda, und weiter?"

Sie schüttelte den Kopf. Ich griff hinüber und nahm ihre Handtasche.

„Das dürfen Sie nicht", sagte sie, und ihre Aufregung nahm zu. Ich achtete nicht auf sie. Mit der Handtasche zwischen meinen Knien fummelte ich mit einer Hand so lange daran herum, bis ich sie offen hatte und darin herumwühlen konnte. Dabei fuhr ich immer weiter. In ihrer Brieftasche fand ich eine vorläufige Fahrerlaubnis des District of Columbia, auf der stand, dass sie Linda Remmert hieß und 16½

Jahre alt war. Außerdem fand ich ein kleines Tütchen mit Kokain.

Ich sah sie an. Sie kauerte in der Ecke ihres Sitzes und sah bei Weitem nicht aus wie 16½. Auf ihren Wangen rannen ein paar Tränen. Sie hatte kurzgeschnittene schwarze Haare und eine leicht nach oben gebogene Nase. Offensichtlich hatte sie den Tag mit Schminke im Gesicht begonnen, aber davon war jetzt nicht mehr viel zu sehen. Ich bog nach links in die Wisconsin Avenue ein, ohne ein Wort zu sagen. Das Kokain und die Fahrerlaubnis schob ich in meine Hemdtasche.

„Das gehört mir nicht", sagte sie. Ich sagte nichts.

„Wirklich nicht", sagte sie. Ihre Stimme war belegt und die Tränen liefen ihr weiter die Wangen hinunter.

„Ich schwöre", sagte sie, „ich weiß nicht, wie es da hineingekommen ist."

Ich fuhr weiter.

„Wohin fahren wir?", fragte sie.

Ich schüttelte den Kopf. Wir fuhren weiter. Sie hatte angefangen, leise zu schluchzen. Ich fühlte mich wie ein Kinderschänder. Manchmal heiligte der Zweck die Mittel, manchmal nicht. Es schien mir in letzter Zeit schwer zu fallen zu entscheiden, ob es so war oder nicht. Oben auf dem Hügel stand rechts von der Straße die Washington Cathedral. Ich lenkte den Wagen vor das Portal und hielt an.

Linda sah mich an und bemühte sich, nicht zu schluchzen.

Ich drehte mich zu ihr, legte meinen rechten Arm auf die Rücklehne ihres Sitzes und sagte: „Linda, alles wird gut." Sie starrte mich ausdruckslos an.

„Wie meinen Sie das?"

„Ich meine, es gibt eine Möglichkeit für dich, aus dieser Sache herauszukommen. "

Sie starrte mich weiter an und sagte nichts.

„Ich habe keine Lust, ein 16 Jahre altes Mädchen ins Kittchen zu bringen. Ich bin hinter etwas Wichtigerem her. Wenn du mir hilfst, werde ich dir helfen."

„Was soll ich tun?"

„Erst einmal erzählst du mir, woher du den „Schnee" hast, dann erzählst du mir, was du drinnen mit Gerry Broz gemacht hast, und dann sehen wir weiter."

„Ich möchte niemanden in Schwierigkeiten bringen", sagte sie.

Ich nickte. „Am wenigsten dich selber", sagte ich. „Hör mal, Kleine, ich muss jemanden zur Rechenschaft ziehen. Ich möchte aber nicht, dass du das bist, also liefere mir jemand anderen. Jemanden, der es mehr verdient."

21

Nach 20 Minuten wusste ich alles.

Gerry Broz dealte mit Koks. Wenn man kein Geld hatte, gab er den Koks gegen Sex.

„Wenn er dich für sexy hält", sagte Linda stolz.

„Sex mit ihm?"

„Mit ihm und seinen Freunden", sagte Linda.

„Wenn sie dich für sexy halten."

Linda nickte. Broz dealte auch mit einer ganzen Menge von Washingtons feinen Leuten, erzählte Linda. Sie wusste nicht, mit wem, aber Gerry prahlte mit den Leuten, denen er etwas verkaufte. „Oder gegen Leistungen tauschte", sagte ich.

„Nicht nur Jugendliche", sagte Linda. „Erwachsene, Frauen mittleren Alters."

„Woher weißt du das?"

„Sie veranstalten Partys, sogenannte Oma-Partys. Gerry nennt alle älteren Frauen Omas. Sie laden uns ein und lassen uns zuschauen."

„Zuschauen? "

Linda nickte. Sie fand das spitze.

„Sie haben solche Vorrichtungen, durch die man hindurchgucken kann. Im Badezimmer gibt es einen einseitigen Spiegel. Durch den kann man sie beobachten."

Für Linda war das offenbar das Interessanteste, was sie zu tun hatte, und sie redete entsprechend gern darüber, wenn sie erst einmal in Fahrt war. Es schien, als hätte sie vergessen, warum ich sie fragte. Sie war einfach ein aufgeregter Teenager, der von seinen Abenteuern erzählte, bis auf die Tatsache, dass sie etwas lallte.

„Meine Güte", sagte ich. „So was würde ich gern mal sehen."

Linda nickte. „Es ist wirklich 'ne Show", sagte sie. „Ein paar von diesen Frauen sind echt Oberklasse ..." Sie schüttelte den Kopf, als sie an diesen ganzen Wahnsinn dachte.

„Könntest du mich da hineinschmuggeln?", fragte ich. Ihre Augen weiteten sich.

„Ich wette, das kannst du", sagte ich. „Du schmuggelst mich rein, und du bist vom Haken. Als wären wir uns nie begegnet. Ich gebe dir das Koks zurück und die Fahrerlaubnis, sobald wir raus sind."

Linda sagte: „Ich weiß nicht."

Ich sagte: „Ich wette, du kannst. Du kannst einfach durch die Haustür gehen, durch das Wohnzimmer hinein ins Badezimmer. Wenn alles sich im Schlafzimmer abspielt, gibt es ja keine Möglichkeit, dass sie dich sehen."

Linda schwieg. „Na ja, das ist ... Woher wissen Sie, wie es dort aussieht?"

„Es gibt nicht viel, das ich nicht weiß“, sagte ich. „Merk dir das.“ Delphisch.

„Ich weiß nicht.“

„Wann ist die nächste, eh, Vorstellung?“, fragte ich. „Morgen früh“, sagte sie. „11:00 Uhr.“

„Der frühe Vogel fängt den Wurm“, sagte ich. „Ich hole dich hier an dieser Stelle ab, genau 10:50 Uhr und wir schlüpfen gleich hinein.“

„Okay. Ich verstehe. Aber was passiert, wenn ich ‚Nein‘ sage?“

Ich lächelte sie an, aber ohne jede Wärme. Jedes Jahr ging es ein bisschen leichter, dieses Lächeln ohne Wärme. Ich kam mir langsam wie Jimmy Carter vor.

„Also gut, wie machen wir es?“

„Du gehst hinein“, sagte ich. „Dann, wenn die Sache losgeht, kommst du und holst mich.“

„Normalerweise schaue ich zusammen mit meiner Freundin zu. Was ist, wenn sie etwas sagt?“

„Sag ihr, sie soll es nicht tun. Sag ihr, ich bin dein Papa und glaube an Zusammenhalt in der Familie. Das ist dein Problem.“

„Sie sind älter als mein Vater“, sagte sie.

„Vielleicht auch nicht, vielleicht hatte ich nur ein härteres Leben.“

Sie kicherte und hatte einen Schluckauf. „Kaum, außer, Sie waren schon mit meiner Mutter verheiratet“, sagte sie.

Ich sagte nichts dazu. Ich fragte sie nicht, wie alt ihr Vater war. Ich fürchtete die Antwort.

„Margy ist in Ordnung“, sagte Linda. „Sie wird schon den Mund halten.“

Ich zog das Kokain und ihre Fahrerlaubnis aus meiner Hemdtasche.

„Vergiss nicht", sagte ich, „wenn ich diese Karten ausspiele, wirst du weggesperrt."

Sie nickte.

„Spiel nicht plötzlich die Überschlaue, wenn dein Rausch nachlässt", sagte ich. „Denk nicht, ich sei ein zu guter Mensch, als dass ich dich einbuchten würde."

Sie schüttelte heftig den Kopf. Heftiger, als mir lieb war. Ich fuhr sie bis an die Ecke der Straße, in der sie wohnte, und ließ sie aussteigen. „Morgen", sagte ich. „10:50 Uhr."

„Ja", sagte sie, stieg aus und ging weg, wobei sie noch einen schnellen Blick zurück warf.

22

Susan und ich saßen bei einem Drink im *Class Reunion* in der H Street. Der Laden war mit Journalisten vollgestopft, und es wurde mächtig gebechert.

„Eine Orgie?"

Ich nickte.

„Du hast eine Verabredung mit einem 16-jährigen Mädchen, um eine Orgie anzuschauen?" Ich nickte wieder.

„Und wie bist du zu der Verabredung gekommen?"

„Indem ich vorgetäuscht habe, ich sei Polizist", sagte ich.

Susan nickte. Sie trank einen kleinen Schluck von ihrem Dewar's mit Wasser.

„Hast du vor, dabei mitzumachen?", fragte sie.

„Nicht, falls du nicht dort auftauchst."

Susan nickte und nickte weiter. „Bei einer – wie hat die kleine Maus das genannt?"

„Einer Oma-Party."

„Richtig, einer Oma-Party."

„Es sind natürlich keine richtigen Omas“, sagte ich. „Die Jugendlichen sind eben noch so jung. Die sagen das nur so.“

Susan nickte wieder. Ich goss mir etwas Budweiser in mein Glas. „Ich habe nur Bier bestellt, keine Marke genannt“, sagte ich. „Ich frage mich, ob dies die Hausmarke ist.“

Susan ignorierte das.

„Was erwartest du dir von der Sache?“, fragte sie.

„Es geht mir wie immer“, sagte ich. „Ich weiß es nicht, bis ich es sehe. Ich gehe einfach los und schaue nach. Besser, als sitzen und warten.“

„Das erfordert eine ganze Menge an Frustrationstoleranz“, sagte Susan.

„Das tun viele Dinge“, sagte ich.

„Machen wir einen Spaziergang?“, sagte sie. „Ich habe hier nicht genug Bewegung.“

„Klar.“

Ich bezahlte unsere Drinks, und wir gingen. Es war eine schöne Nacht. Um die zehn Grad, klare Luft. An der Ecke der H-Street bogen wir nach Osten in die Pennsylvania Avenue ein, Richtung Weißes Haus.

„Meinst du, dass Alexander wirklich eher aus dem Rennen aussteigt, als seine Frau bloßzustellen?“

„Ganz sicher“, sagte ich.

„Wäre hart für ihn, sich anders zu entscheiden“, sagte Susan. „Wegen der Schuldgefühle.“

„Ja, das wäre es“, sagte ich. „Aber ich glaube, es geht ihm um mehr als das. Ich glaube, er will sie nicht verletzen.“

„Wenn er ausstiege“, sagte Susan, „könnte er sich wie ein Held fühlen und ihr Schuldgefühle beibringen.“

„Er sagt, sie soll niemals erfahren, dass er von den Filmen weiß.“

„Es gäbe ihm die Chance, sich ihr überlegen zu fühlen", sagte Susan.

Wir gingen an den enormen Granitpfeilern des Verwaltungsgebäudes vorbei, das in der Nähe des Weißen Hauses gegenüber dem Blair House lag. Es war in jeder Hinsicht genauso, wie ein Verwaltungsgebäude zu sein hat.

„Das klingt so zynisch", sagte ich. „Gibt es denn keine Verhaltensweisen, die ganz selbstlos sind?"

Susan schwieg eine Weile, während wir vor dem Weißen Haus entlanggingen.

„Vielleicht nicht", sagte sie.

„Das bedeutet, dass die Frau, die ihr Leben für ihr Kind opfert, dies deswegen tut, weil sie sonst nicht mehr in den Spiegel gucken könnte?"

„In der Art. Die Leute tun viel für das Bild, das sie sich von sich selber machen."

„Wenn man das Leben so sieht, bleibt nicht mehr viel Romantik übrig", sagte ich.

Susan zuckte mit den Schultern.

„Dann darf man an nichts mehr glauben, nicht an Helden und nicht an Schurken, nicht an Gute und nicht an Böse, nicht wahr?", fragte ich. „Wenn alles, was man tut, eigennützig ist."

„Helden und Schurken, Gute und Böse, damit kann ich bei meiner Arbeit nichts anfangen."

„Geschenkt", sagte ich. „Aber könntest du damit nicht etwas in deinem Leben anfangen? Nach welchen Regeln handelst du?"

Wir gingen jetzt an der Ostseite des Weißen Hauses vorbei. „Natürlich stecken in mir noch Überreste aus meiner Erziehung, meiner religiösen Unterweisung und dem, was mir in der Schule eingeimpft wurde. All dieses Genörgel unter der Überschrift ‚Gewissen'. Aber bewusst und rational versuche ich zu tun, was mir am meisten nützt und die anderen zugleich am wenigsten kostet."

„Und im Falle eines Konfliktes?"

„Ich versuche, ihn zu lösen."

Das Weiße Haus wurde auf allen Seiten hell von Scheinwerfern erleuchtet, die innerhalb des eisernen Zaunes angebracht waren. Es gab gewiss auch Sicherheitsschranken, aber zu sehen war davon nicht viel. Wir bogen wieder nach links in die Pennsylvania Avenue ein.

„Du verstehst mich nicht, nicht wahr?", fragte Susan.

„Hört sich für mich ziemlich nach Hobbes an", sagte ich.

„Abgesehen davon, dass ich viel mehr Schulbildung genossen habe als du, und abgesehen davon, dass du irgendwie dazu neigst, die Probleme auf körperliche Weise zu lösen, bist du doch ein Intellektueller und nicht ich. Du bist es, der über solche Fragen wie diese nachgrübelt, wie bestimmt jemand über sein Verhalten. Du liest Hobbes und weiß Gott was noch. Ich weiß nicht einmal den Vornamen von Hobbes."

„Thomas", sagte ich.

„Oder was er gesagt hat und wann. Die Art, wie du über dein Handeln nachdenkst, hat für mich kaum Bedeutung. Auch nicht für die Leute, mit denen ich beruflich zu tun habe. Wir sind, wie man so schön sagt, ergebnisorientiert."

„Bei meiner Arbeit stellen sich diese Fragen dauernd", sagte ich.

„Natürlich tun sie das. Teils schon deswegen, weil du es bist, der diese Arbeit macht, teils deswegen, weil du dir einen Job gesucht hast, in dem solche Fragen aufkommen."

Um uns ragte zu beiden Seiten die majestätische Regierungsarchitektur auf: das Gebäude der Bundesenergieverwaltung, die Post, das Justizministerium und das FBI-Gebäude auf der gegenüberliegenden Straßenseite. Mein Körper machte sich schon zum Kniefall bereit, doch ich konnte meine Beine noch daran hindern. Der kommunale Neoklassizismus dieser Architektur war zwar ein bisschen albern, aber andererseits wirkte alles so, wie es eben sollte. Was wäre denn weniger albern gewesen?

„Lässt sich denn auch unsere Beziehung durch den silvermanschen Pragmatismus analysieren?", wollte ich wissen.

„Ich liebe dich, weil ich es unwiderstehlich finde, so ganz und gar geliebt zu werden. Du liebst mich, weil du, solange du das tust, an die romantische Liebe glauben kannst."

Vor uns, zu unserer Rechten, sah man jetzt die National Gallery mit ihrem neuen Flügel. Dahinter ragte das Capitol auf seinem Hügel hervor.

Wir wendeten und gingen die Pennsylvania Avenue hinauf.

„Zu schade, dass es schon so spät ist", sagte ich. „Hätten wir noch Tag, dann könnten wir das FBI besichtigen. Vielleicht würden sie mir eine ihrer Maschinenpistolen zeigen."

„War das dein abschließender Kommentar?", fragte Susan.

„Es gibt keinen abschließenden Kommentar", sagte ich.

„Was denkst du über das, was ich gesagt habe?"

„Ich denke, es ist Mist", sagte ich.

„Könntest du diese Sichtweise näher ausführen?"

„Nein", sagte ich.

23

Linda war um 10:50 Uhr da. Ohne Alkohol im Blut wirkte sie angespannt, bedrückt, verschreckt, verlegen, scheu und unruhig wie eine Weide im Sturm.

Ich lächelte, als sie einstieg.

„Ich hoffe, ich bin richtig angezogen“, sagte ich. „Ich war bisher noch nie auf einer Oma-Party.“

Linda sagte nichts. Sie blickte geradeaus. Als ich den Wagen vom Bordstein lenkte, sagte ich: „Wir brauchen einen Plan.“ Sie nickte.

„Wer wird dort sein?“, fragte ich.

„Ich und Margy“, sagte sie. „Und Jerry und Butch und Claude und Jimmy und die beiden Omas.“

„Und moi“, sagte ich.

Sie nickte.

„Wer schaut durch den einseitigen Spiegel?“

„Nur ich und Margy.“

„Okay“, sagte ich. „Ich warte draußen. Du und Margy, ihr geht vor und macht es euch im Badezimmer bequem. Und wenn die vier Jungs und die zwei Damen zur Sache kommen, gehst du durch das andere Schlafzimmer hinaus, dann durch das Wohnzimmer zur Wohnungstür. Die öffnest du mir.“

„Was ist, wenn sie mich erwischen?“

„Ich beschütze dich.“

„Vor vier Kerlen?“

Ich spannte meinen Bizeps. „Meine Kraft, junge Dame, ist die von zehn.“

„Und Sie haben eine Pistole“, sagte sie.

Ich zuckte mit den Schultern. „Ja, das auch“, sagte ich.

„Wie kommt es, dass keine weiteren Polizisten bei Ihnen sind? Brauchen Sie überhaupt keine Rückendeckung?“

Jeder schaut Fernsehen.

„Hätte ich Rückendeckung, meine Süße, dann könnte ich die Sache mit dir kaum vertuschen.“

Sie nickte und sah mich jetzt zum ersten Mal an. „Sie lassen mich wirklich aus der Sache raus, ja?“

„Ja“, sagte ich. „Das tue ich.“

Wir stoppten in der M Street in Sichtweite von Gerrys Haus. Ich sah hinauf zu den Fenstern seiner Wohnung. „Das Badezimmerfenster muss verdunkelt sein, wegen des einseitigen Spiegels. Die Fenster davor müssen zum zweiten Schlafzimmer gehören.“

Linda sagte: „Ja.“

„Wenn du die Tür für mich geöffnet hast, mach das Schlafzimmerfenster auf. Sobald ich das sehe, komme ich hoch.“

„Okay.“

Wir saßen und schwiegen. Linda war blass. Man konnte hören, wie sie schluckte. Zwei gut angezogene Frauen, schätzungsweise Anfang 40, gingen an uns vorbei die M Street hinauf und verschwanden im Haus. Die Omas? Kurz darauf sagte Linda mit gepresster Stimme: „Da ist Margy.“

„Okay“, sagte ich. „Los geht’s.“

Linda sah wie eine Verurteilte aus, als sie aus dem Wagen stieg. Aber sie ging, widerstandslos. Sie holte Margy ein, und als sie miteinander redeten, schaute sich Margy einmal zu meinem Wagen um, dann nickte sie, und gemeinsam betraten sie das Gebäude.

Um 11:15 Uhr kamen drei Studenten die 35. Straße herunter und betraten Gerrys Haus. Ich zog eine Polaroid-Kamera aus einem Turnbeutel, in dem ich meine Geräte zu verstauen pflegte. Flashgun-Casey, der Krimi-Fotograf. Es war fast Mittag, als ich sah, wie das Schlafzimmerfenster aufging. Ich stieg aus dem Wagen und ging über die Straße in das Wohnhaus. Die Haustür machte mir ebenso wenig Schwierigkeiten wie das letzte Mal.

Im dritten Stock stand die Tür zu Gerrys Apartment einen Spalt offen. Ich drückte sie auf. Man konnte Rockmusik im Hintergrund hören. Ich ging durch das Wohnzimmer, an der

Essecke vorbei, und in das zweite Schlafzimmer. Die Badezimmertür war geschlossen. Ich machte sie auf. Die Mädchen standen so, dass sie halb durch den Spiegel und halb auf mich schauten. Die Rockmusik war hier etwas lauter, aber immer noch sehr gedämpft. Das Schlafzimmer musste schallgedämpft sein. Margy hatte ihre roten Haare in einen langen Zopf geflochten. Ich lächelte höflich und machte eine Geste, sie sollten vom Spiegel zurückgehen. Sie zogen sich bis an die Rückwand des Badezimmers zurück, ängstlich und zugleich aufgeregt. Sie beobachteten alles, was ich tat.

Ich sah durch den Spiegel. Die beiden gut angezogenen Frauen, die ich vorher schon gesehen hatte, waren da, aber gut angezogen waren sie jetzt nicht mehr. Sie waren nackt. Wie die vier Studenten.

Die Frauen waren nackt, aber sie sahen nicht so aus, wie die Frauen in den Nacktmagazinen. Diese Frauen waren echt, mit nicht immer ganz so glatter Haut, mit leicht hängenden Brüsten, mit den kleinen Falten quer über den Bauch, wie echte Frauen und Männer sie haben. Es machte sie eher mehr als weniger verführerisch, dachte ich mir, weil es ihre Nacktheit noch mehr hervorhob und irgendwie auch ihre Verwundbarkeit. Es machte mich auch noch ein bisschen trauriger. Diese Art von Verwundbarkeit sollte nicht zur Ware werden. Sie ist etwas für jemanden, der dich liebt und selbst auch verwundbar ist.

Ich fing an, durch den Spiegel Fotos zu schießen, als die vier Jungen und die zwei Frauen auf eine fast rohe Art Gruppensex machten. Ich achtete darauf, dass ich von jedem der Beteiligten wenigstens ein Bild bekam, das sein volles Gesicht zeigte, dazu genügend Bilder von der ganzen Szene, damit klar war, was dort vor sich ging.

Ich brauchte nicht mehr als zehn Minuten dazu, obwohl

es hinter dem Spiegel dann immer noch hoch herging. Aber ich hatte, was ich brauchte. Ich lächelte zu den beiden Mädchen hinüber, zog die Fahrerlaubnis und das Koks aus meiner Tasche und gab Linda beides zurück.

Ich sagte sanft: „Ich kann dir noch eine ganze Menge Ärger bereiten, Schätzchen, wenn du oder Margy zu singen anfangt." Die beiden nickten.

„Viel Vergnügen", sagte ich und verließ sie mit meinen Fotos in der Tasche.

Es war genau 16:12 Uhr, als die beiden nun wieder gut angezogenen Frauen das Apartment verließen. Ich hatte auf sie gewartet, mein Wagen stand so, dass er in die Richtung fahren konnte, aus der die beiden gekommen waren: die M Street stadteinwärts. Nach anderthalb Blocks stiegen sie in einen silbergrauen Subaru, mit dem sie zur Wisconsin Avenue fuhren. Ich folgte ihnen. Mit Linda hatte das so gut geklappt, dass ich mir dachte: Versuch es noch mal. In mir begann sich ein Plan zu bilden.

24

An der P Street stieg eine der beiden Frauen aus dem Subaru aus, der noch drei Blocks weiterfuhr. Ich beschloss aufs Geratewohl, dem Wagen zu folgen. Sie würde schwerlich behaupten können, gegen ihren Willen zu der Party geschleppt worden zu sein. Sie bog in die Einfahrt zu einem hübschen Stadthaus mit einer Front aus Ziegelsteinen ein. Die Ziegel waren mattweiß gestrichen, die Fenster in einem kräftigen Blau.

Ich fuhr an den Bordstein heran, stieg aus dem Wagen und folgte ihr zur Tür.

„Entschuldigen Sie bitte“, sagte ich, „aber wir müssen miteinander reden.“

Sie war noch ein bisschen angeschlagen und machte einen erschrockenen Eindruck, dass sie vor ihrer Tür von einem Fremden angehalten wurde. Ich hielt ihr ein gerade gemachtes Foto von ihr unter die Nase und sagte: „Ich will Ihnen nichts zuleide tun. Ich möchte nur mit Ihnen reden.“

Sie betrachtete das Bild. „Um Gottes willen“, sagte sie.

„Ja“, sagte ich. „Ganz meiner Meinung.“

„Wo haben Sie ...?“

„Wir müssen miteinander reden. Wir können uns in meinen Wagen setzen, wenn Sie wollen; oder die Straße entlanggehen, wenn Sie sich dort sicherer fühlen, oder wir gehen in Ihr Haus.“

„Was wollen Sie von mir?“

Sie hatte glänzende Haut und blondes Haar. Ihre Wangenknochen waren hoch und ihre dunklen Augen mandelförmig, mit sympathischen Krähenfüßen.

„Wollen wir ein paar Schritte gehen?“, fragte ich. Ich hielt das Foto immer noch so, dass sie es sehen konnte. Sie errötete leicht, als sie darauf schaute. Verlegenheit. Ein gutes Zeichen.

Sie nickte, und wir gingen die Eingangsstufen hinunter und bogen nach Osten in die Straße ein.

„Wollen Sie mich erpressen?“, fragte sie.

„In einem gewissen Sinne ja“, sagte ich. „Kann ich Ihren Führerschein sehen?“

„Ich ...“

„Ich möchte bloß wissen, wie Sie heißen. Ich gebe ihn Ihnen zurück. Wenn Sie ihn mir nicht zeigen wollen, in Ordnung. Ich erfahre Ihren Namen auch so. Ich kenne Ihre Adresse und das Nummernschild Ihres Autos.“

„Warum fragen Sie mich dann nicht direkt nach meinem Namen?"

„Weil ich nicht wissen kann, ob Sie mir den richtigen sagen, also muss ich das sowieso überprüfen. Ihr Führerschein spart mir schlichtweg etwas Zeit."

„Was ist, wenn ich Ihnen sage, Sie sollen zum Teufel gehen?"

„Dann werde ich die Fotos veröffentlichen."

„Ich schäme mich nicht", sagte sie.

„Ich sage auch nicht, dass Sie das sollten", sagte ich. „Aber möchten Sie, dass die Fotos veröffentlicht werden?"

Sie schwieg, während wir gingen. Ich konnte spüren, wie sie mit sich kämpfte. Schließlich blieb sie stehen, wandte sich um und sah mich direkt an.

„Nein", sagte sie.

„Den Führerschein, bitte", sagte ich.

Sie zog eine Brieftasche aus ihrer Handtasche, zog den Führerschein heraus und reichte ihn mir. Ihr Name war Cynthia Knox.

„Danke, Cynthia. Was ich brauche, sind ein paar Informationen."

„Kein Geld?"

Ich schüttelte den Kopf. „Ich brauche Informationen über Gerry Broz."

„Sie sind kein Polizist?"

„Nein."

Sie schaute verwirrt. „Was wollen Sie wissen?"

„Wie haben Sie ihn kennengelernt?"

Sie gab ein kurzes, lustloses Lachen von sich. „Ich habe ihn tatsächlich über meinen Mann kennengelernt."

„Woher kennt Ihr Mann ihn?"

„Er … er kennt ihn eben."

„Was ist Ihr Mann von Beruf?“

Sie zögerte.

„Ich kann es herauskriegen“, sagte ich. „Ich könnte hier um Ihr Haus herumstreifen, bis er nach Hause kommt, und ihn fragen.“ Sie schüttelte den Kopf. Ihre dunklen Augen wirkten jetzt schon etwas klarer. „Sie sind wirklich kein Cop?“

„Nein.“

Sie seufzte. „Kokain“, sagte sie. „Mein Mann besorgte sich Kokain über ihn.“

„Und was macht Ihr Mann?“

„Er ist beim Transportministerium.“

„Wie hat er Gerry kennengelernt?“

„Ein Freund von ihm ist Dozent an der Georgetown.“

„Was könnte selbstverständlicher sein?“, sagte ich.

„Koks gehört zum normalen Leben in Washington“, sagte sie.

„Was ist mit der Frau, die heute mit Ihnen zusammen war?“

„Ich glaube nicht, dass ich Ihnen über sonst jemanden etwas erzählen sollte.“

„Immer dieselbe Antwort. Ich kann es herausbekommen. Ich weiß, wo sie wohnt. Ich weiß, wie sie aussieht. Ich habe auch von ihr Fotos.“

„Fühlt sich trotzdem nicht richtig an.“

„Benutzen Sie ihren Namen also nicht“, sagte ich. „Wie hat sie Gerry kennengelernt?“

„Ich habe sie mitgenommen.“

„Er spielt auch für ihre Leute den ‚Schneemann‘?“

Cynthia nickte. „Ich glaube ja.“

„Sie haben sie für die, eh, Matineen angeworben?“

Cynthia sagte „Ja“, mit sehr leiser Stimme.

„Wissen Sie, wie viele Frauen sonst noch solche Partys mit Gerry feiern?“

„Nein.“

„Wissen Sie, ob es überhaupt noch andere Frauen gibt?“

„Ja. Die gibt es. Manchmal waren dort auch andere Frauen. Ich kenne sie nicht.“

„Immer dieselben jungen Männer?“

„Nein. Immer Gerry, aber die anderen wechseln. Manchmal macht Gerry sogar nicht mal mit. Wie sind Sie an das Foto gekommen?“

„Ich war im Badezimmer und habe es durch den einseitigen Spiegel aufgenommen. Das ist auch genau das, was Gerry macht, wenn er nicht mitmacht. Nur benutzt er eine Videokamera.“

Cynthia blieb mit einem Ruck stehen und sah mich an.

Alle Häuser in Cynthias Straße waren aus Ziegelsteinen und im Kolonialstil erbaut. Sehr elegant, sehr matt. Weichgezeichnet von Pflege und Charme und vielleicht vom leichten Geruch des Flusses, der heraufzog.

„Videofilme?“

Ich nickte. „Ja. Ich arbeite im Auftrag von jemandem, der gefilmt wurde.“

„Mein Gott.“

„Arbeitet der Mann Ihrer Freundin bei der Regierung?“

Sie nickte. Sie öffnete den Mund und schloss ihn wieder. Wortlos.

Wir gingen zurück zu ihrem Haus. Die Bäume, die die Straße säumten, waren alt, zumeist Ahornbäume, und sogar ohne Blätter jetzt im Dezember wirkten sie würdevoll und schutzbietend. Cynthia sah auf ihre Uhr.

„Mein Mann ist in anderthalb Stunden zu Hause“, sagte sie. Wir gingen weiter.

„Können wir uns eine Weile in Ihr Auto setzen?“, fragte Cynthia.

„Sicher."

Wir schwiegen, bis wir den Wagen erreicht und uns gesetzt hatten.

„Was haben Sie vor?", fragte sie.

„Ich werde versuchen, Gerry das Geschäft zu verderben, ohne meinen Auftraggeber oder sonst wen auffliegen zu lassen."

„Das können Sie?"

„Vielleicht."

Es war fast dunkel geworden. Wir näherten uns der Sonnenwende.

„Haben Sie jemals beobachtet, wie die Frauen von Politikern ihre Männer in der Öffentlichkeit mit diesem anbetungsvollen Lächeln anschauen?", fragte Cynthia.

„Ja."

„Ich habe das in der Öffentlichkeit 19 Jahre lang so gemacht", sagte sie. „Und mein Mann ist nicht einmal Politiker. Er ist in der Verwaltung."

Ich nickte. Ich war nicht sicher, ob sie mich in der Dunkelheit sehen konnte. Es war nicht weiter wichtig. Sie sprach im Grunde gar nicht mit mir.

„19 Jahre atemlose Anbetung. Bei all diesen Partys, zu denen wir eingeladen wurden, und wenn wir einmal nicht eingeladen wurden, stürzte ihn das in tiefe Verzweiflung, und ich musste ihn anbetungsvoll wieder aufrichten. Selbst wenn er bei seiner Arbeit war, hatte ich ihn aus der Ferne anzubeten, beim Bridge und beim Essen mit Frauen von Männern aus dem Ministerium und bei Wohltätigkeitstees. Die perfekte Ergänzung für ihn. Die Zierde seiner Karriere. Die schöne Frau, die hübschen Kinder, das reizende Heim."

„Wohnen die Kinder noch daheim?", fragte ich.

„Nein, sie gehen auf eine Privatschule. Ich sehe sie in den

Ferien. Eine gute Schule in Virginia. Einer von den Unterstaatssekretären schickt seine Tochter dorthin."

Zwei junge Mädchen in Schuluniformen gingen vorbei. Sie sahen indisch oder vielleicht pakistanisch aus. Sie trugen gleiche Röcke mit blauem Karomuster, dazu blaue Kniestrümpfe und blaue Blazer über weißen Blusen. Eine hatte Cowboy-Stiefel an, die andere hölzerne Clogs mit Lederleisten über dem Spann. Vielfalt.

„Manche Frauen trinken", sagte sie. „Ich mache Gruppensex."

„Mit Studenten", sagte ich.

„Ich bin so alt wie ihre Mütter."

„Und Sie dröhnen sich ein bisschen mit ihnen zu, oder?"

Sie nickte. Sie beobachtete die beiden Schulmädchen, wie sie in der perspektivisch immer enger zulaufenden Straße immer kleiner wurden.

„Sie wissen, wie die Jungen uns nennen?", fragte sie.

„Omas", sagte ich. „Und wo sie heute waren, das war eine Oma-Party."

Sie nickte. Die Schulmädchen waren jetzt ganz fern und winzig.

Sie schüttelte den Kopf.

„Als ich ein kleines Mädchen war, sang mein Vater immer ein Lied", sagte sie. „Eine Strophe fing so an: ‚Halt dich fern von den College-Jungs, gehst du aus zum Tanz / Acht auf dich und merke dir, mir gehörst du ganz'." Sie sang den Vers noch einmal, und ihre Stimme zitterte ein wenig. Die Straßenbeleuchtung war eingeschaltet worden, und im Licht der Laterne neben uns sah ich Tränen auf ihrem Gesicht glänzen.

„Nichts ist hoffnungslos", sagte ich.

„Ich weiß nicht einmal, warum ich es tue", sagte sie. „Auch Ellie weiß es nicht. Irgendwie ist da ein Kitzel, aber meistens ist es demütigend. Die Jungs sind grob und dumm. Nachher fühle ich mich wie … wie ein Gegenstand, den man herumgereicht hat."

„Das macht einen Teil des Reizes dabei aus", sagte ich.

Die Schulmädchen gingen weit unten um eine Ecke und verschwanden. Cynthia schaute mich an. Ihr Gesicht war nass.

„Reiz?"

„Sicher. Sie verarbeiten da irgendetwas, das zu analysieren ich nicht befugt bin. Aber Sie haben einen Weg gefunden, es zu tun und Ihre eigene Bestrafung gleich mit einzubauen."

Sie starrte mich lange an. „Sie meinen, ich brauche einen Seelenklempner?"

Ich zuckte mit den Schultern. „Was Sie tun, scheint Ihnen nicht zu gefallen. Vielleicht hilft ein Psychiater. Vielleicht eine Scheidung? Oder eine Affäre? Oder ein Job?"

„Ich glaube, Psychologie ist ein ziemlicher Haufen Scheiße", sagte sie.

„Okay, mag sein", sagte ich. „Alles, was ich sage, ist: Wenn Sie unglücklich sind, dann gibt es andere Lösungen, als mit so ein paar trotteligen College-Jungs rumzuvögeln."

Sie nickte langsam. „Ich muss reingehen", sagte sie. „Mein Mann kommt gleich."

„Ich halte Sie aus der Sache raus", sagte ich. „Vielleicht muss ich Sie bitten, mir eine kurze Erklärung aufzuschreiben, in der steht, was Sie mir erzählt haben, damit ich es einer Privatperson zeigen kann. Aber möglicherweise brauche ich das auch nicht."

Ich zog das Foto von ihr aus meiner Hemdtasche und gab es ihr. „Es ist das einzige, auf dem Ihr Gesicht zu sehen ist", sagte ich.

Sie nahm es. „Glauben Sie, es gibt auch Videoaufnahmen?"

„Wenn ja, werde ich mich darum kümmern", sagte ich.

„Warum tun Sie das für mich?"

„Ich tue es für meinen Auftraggeber", sagte ich. „Kostet mich nichts, Sie einzubeziehen."

„Und Ellie?"

„Klar."

Sie stieg aus dem Wagen und blieb einen Augenblick auf dem Gehsteig stehen. Auch ich stieg auf meiner Seite aus, stützte meine Unterarme auf das Dach und sah sie an.

„Es ist wirklich seltsam", sagte sie. „Ich weiß nicht mal Ihren Namen, und Sie wissen Dinge über mich, die ich niemals irgendwem erzählen würde."

„Wie heißt es so schön in den entsprechenden Filmen: Ihr Geheimnis ist bei mir gut aufgehoben."

Sie ging einen Schritt auf ihr Haus zu und zögerte, schaute zu mir zurück. „Wird alles in Ordnung gehen?"

„Sicher", sagte ich. „Doch halten Sie sich fern von den College-Jungs, gehen Sie aus zum Tanz."

Sie nickte, machte wieder ein paar Schritte und hielt erneut an. „Danke", sagte sie.

„Gern geschehen."

Sie war nun an den Eingangsstufen, stieg hinauf, drehte sich an der Tür noch einmal um und sah mich an.

„Mrs. Knox", sagte ich. „Wenn Sie mich fragen, ich glaube, Sie sind wirklich sehr hübsch."

Sie verharrte einen Augenblick bewegungslos an der Tür und sah mich an. Dann öffnete sie und ging hinein.

25

Den größten Teil des nächsten Tages verbrachte ich damit, die Leute aufzusuchen, die Gerry nach dem großen Schneesturm besucht hatte. Ich hatte mir die Adressen notiert, und jetzt ging ich auf Besuchstour. Vormittags Georgetown, nachmittags Capitol Hill. Einige Leute waren nicht daheim. Viele von denen, die daheim waren, wollten nicht mit mir reden, aber ich machte Fortschritte. Genügend Fortschritte.

Meine Annäherungsversuche waren offen und ehrlich. Wie mein Gesicht.

„Es ist ganz inoffiziell", sagte ich zu einer eleganten jungen Frau in einem Stadthaus an der Fourth Street. „Ich arbeite für ein Amt der Regierung. Ich will den Namen nicht erwähnen, aber es ist ein Unternehmen mit drei Buchstaben."

Sie stand im seidenen Hausanzug in der offenen Tür und nickte. Ihre Haare waren schwarz mit ein paar reizvollen silbernen Streifen darin.

„Sie müssen mir nicht einmal Ihren Namen nennen, und Sie können Ihre Aussagen jederzeit im Nachhinein bestreiten. Ich brauche lediglich Hintergrundinformationen."

Sie nickte wieder. Ihre dunklen Augen wirkten noch größer durch die enorme Brille mit ihrem jadegrünen Rahmen.

„Es gibt da einen jungen Mann, der Ihnen Kokain verkauft, und auch vielen Ihrer Nachbarn, gute Menschen, keine Kriminellen. Er hat geheime Kontakte", sagte ich, „zu ausländischen Gruppierungen, die den Interessen der Vereinigten Staaten entgegenarbeiten."

„Darüber weiß ich nichts", sagte sie.

Ich schüttelte ungeduldig, aber freundlich den Kopf. „Nein, nein, es geht uns nicht um das Kokain. Ich zieh es selber manchmal am Wochenende. Wir haben etwas Wichtigeres im Auge."

„Was wollen Sie von mir wissen?", fragte sie.

„Den Namen, unter dem er auftritt", sagte ich. „Wir haben bisher noch nicht seinen Decknamen herausbekommen, und wir wollen natürlich vermeiden, dass er unser Interesse bemerkt. Alles, was ich von Ihnen wissen will, ist der Deckname."

Sie runzelte die Stirn. Ich hatte meinen Anzug an und ein sauberes Hemd und strengte mich verdammt an, so auszusehen wie einer, der in Yale studiert hatte und jetzt für ein regierungsamtliches Unternehmen mit drei Buchstaben arbeitete. Ich lächelte sie aufrichtig und ermunternd an. Du kannst deiner Regierung Vertrauen schenken.

„Sie müssen bezüglich der zuvor erwähnten Substanzen kein Geständnis ablegen", sagte ich. „Wir brauchen bloß den Namen."

„Ich ..." Sie schüttelte den Kopf.

„Ich glaube, wir sind alle nur noch Zyniker", sagte ich. „Ich vermute, über Pflichten und Patriotismus zu reden ist zwecklos. Ich glaube, es ist schon zu spät, darüber noch große Worte zu verlieren. Aber eines muss ich betonen: Sie haben hier eine Chance, Ihrem Land einen Dienst zu erweisen, ohne dass Sie das etwas kostet."

Ich stand aufrecht vor ihr und sah sie geraden Blickes an. „Gerry Broz", sagte sie. „Das ist der Name, den er hier benutzt."

„Vielen Dank", sagte ich. „Wir werden Sie nicht wieder belästigen. Sie haben mein Wort." Ich streckte meine Hand aus, sie nahm sie. Wir schüttelten uns die Hände, und ich ging zurück in die Fourth Street, wo ich meinen Wagen geparkt hatte.

Ich absolvierte diesen Auftritt ungefähr 20 Mal an diesem Tag.

In zwei anderen Fällen bekam ich den Namen genannt. Alle anderen meinten, ich solle abhauen. Was war nur los mit Pflichtbewusstsein, Ehre, Vaterland? Aber ich hatte genug. Nichts, das vor Gericht Bestand haben würde, aber ich hatte schließlich nicht vor, vor Gericht zu ziehen. Ich bastelte meine Beweise für ein anderes Forum zusammen.

Als ich meine 16. Adresse abgeklappert hatte, hängte sich jemand an mich dran. Es waren keine Amateure, aber an Bulldog Drummond kamen sie auch nicht heran. Es waren zwei Kerle in Jacke und Krawatte, und sie fuhren eine dunkelblaue Chevy-Limousine mit Washingtoner Kennzeichen. Einer von ihnen trug eine Sonnenbrille. Sie blieben mir für den Rest des Nachmittags auf den Fersen. Sie folgten mir auch zurück bis zum Hay Adams. Als ich meinem Wagen dem Portier übergab, fuhren sie die 16. Straße hinunter, und als ich nach einer halben Stunde frisch geduscht, rasiert und verdammt herausgeputzt in meinem Tweedsakko von Harris vor die Tür trat, waren sie verschwunden.

Ich nahm an, dass irgendwer, mit dem ich geredet hatte, Gerry Broz angerufen und Gerry dann wieder jemanden angerufen hatte, und dann hatten sie zwei Leute losgeschickt, die sich einmal ein wenig umsehen sollten. Wenn sie sich nicht noch trotteliger anstellten, als sie es bei ihrem Verfolgerjob getan hatten, so war es ihnen doch immerhin möglich gewesen, meinen Namen herauszukriegen. Sie brauchten ja nur das Nummernschild meines Mietwagens bis zum Verleih zurückzuverfolgen. Und dann im Hotel nachprüfen, ob ich dort wohnte.

Dann würden sie den, der sie losgeschickt hatte, anrufen und ihm Bericht erstatten, und der würde wiederum Gerry anrufen, und dann würden sie beschließen, was nun zu tun sei. Ich konnte nicht viel anderes machen, als meiner Beschäftigung nachzugehen. Wenigstens hatte ich die Dinge ins Rollen gebracht. Über ihren nächsten Schritt würde ich mir erst dann Gedanken machen, wenn sie ihn taten. Bereit sein ist alles.

Im Augenblick war meine Aufgabe, Susan von ihrem Arbeitsplatz abzuholen und mit ihr die Wisconsin Avenue hinaus zum Mazza Einkaufszentrum in Chevy Chase zu fahren. Ich holte sie um 17:30 Uhr ab. Sie stand draußen vor der Tür im frühen Abendlicht. Als ich sie sah, fragte ich mich, ob nicht manche ihrer Patienten schon dadurch gesund wurden, dass sie sie anschauen durften.

„Abgemacht ist abgemacht", sagte ich. „Ich gehe heute Abend mit dir einkaufen, und am Samstag gehst du mit mir in die National Gallery."

„Ja", sagte sie, „aber keine dicken Seufzer und kein unterdrücktes Gegähne, wenn wir unterwegs sind. Ich brauche volle Konzentration."

„Und wenn es vorbei ist, gehen wir etwas essen und trinken", sagte ich. „Einkaufen ist nie vorbei", sagte Susan. „Man macht bloß Pausen."

Das Mazza Einkaufszentrum war drei Stockwerke hoch und eine geschrumpfte Version des Rodeo Drives. Die Architektur erinnerte an L.A. oder vielleicht sogar Dallas, opulent mit einer großen Neiman-Markus-Filiale, die eine Seite des Centers ausmachte. Susan peilte Neiman-Markus an und marschierte zielbewusst los. Von Susan zu sagen, dass sie einkaufte, wäre so, als würde man von Haifischen sagen, dass sie essen. Es war kontrollierte Ekstase. Während sie beschäftigt war, schaute ich mir die übrige Kundschaft an. Sie war international, sehr elegant und fast ausschließlich weiblich. Wenn man nachzählte, dann bevorzugten die Frauen im Mazza Einkaufszentrum Hosen gegenüber Röcken im Verhältnis vier zu eins, und in fast jedem Fall bevorzugten sie besonders eng sitzende Hosen.

Endlich schloss das Center, und wir gingen, wobei Susan noch vor Jagdleidenschaft strahlte, ich aber schon weniger.

Vor dem Einkaufszentrum entdeckte ich schräg über die Wisconsin Avenue ein Restaurant, das mir bekannt vorkam. Mein Herz machte einen Hüpfer.

„Mein Gott, Suze, da ist ein *Hamburger Hamlet.*“

Susan nickte.

„Davon gibt es auch noch eins in Chicago“, sagte ich.

„Magst du reingehen und etwas essen? Ich möchte wetten, dass ich die Spezialität des Hauses erraten kann.“

„Es ist eines meiner Lieblingsrestaurants“, sagte ich. „Es gibt mehrere davon in Los Angeles, aber ich habe nicht gewusst, dass sie sich auch nach Osten verbreiten.“

„Ist das aufregend“, sagte Susan.

„Ach, Suze“, sagte ich, „die Pose steht dir nicht. Komm mit, du wirst sehen.“

Wir gingen ins *Hamburger Hamlet*, setzten uns in eine mit rotem Leder gepolsterte Nische (vielleicht war es auch rotes Vinyl), und ich bestellte Bier für mich und ein Glas Wein für Susan. Das Bier kam in einem enorm hohen Trinkglas. Nur es zu sehen, erfreute schon mein Herz.

„Aha“, sagte Susan. „Ich fange an, deine Begeisterung zu verstehen.“

Ihre Einkäufe hatte Susan um sich und mich herum aufgestapelt. Sie trug selten etwas zweimal, soweit ich mich erinnern konnte, und in ihrem Haus in Smithfield hingen die Kleider in allen Schränken. „Schön, dass wir dieses Einkaufszentrum gefunden haben“, sagte ich. „Sonst hättest du noch nackt zu deiner Arbeit gehen müssen.“

Sie lächelte mich an. „Ab und zu wundere ich mich sogar über mich selbst“, sagte sie.

„Wie, zum Teufel, kannst du dir das leisten?“, fragte ich. „Von so einem Doktoranden-Dasein kann man doch nicht reich werden.“

„Unterhaltszahlungen“, sagte sie.

„Wie, zum Teufel, kannst du emanzipiert sein und gleichzeitig Unterhaltszahlungen akzeptieren?“, fragte ich.

Wieder dieses Lächeln, unschuldig, schön, wunderbar und teuflisch. „Ausbeutung des Unterdrückers“, sagte sie.

Der Ober brachte uns unser Essen, einen großen Cheeseburger für mich, einen kleineren Cheeseburger für Suze, zweimal Salat und ein neues Glas Bier.

„Wie läuft dein Fall?“

„Es könnte klappen“, sagte ich. „Ich weiß, dass Joe Broz’ Sohn Gerry die Bänder von Ronni Alexander gemacht hat. Ich weiß, dass er einer Reihe besserer Bürger Washingtons Kokain verkauft. Ich habe die Namen von einigen und ihr nicht öffentliches Geständnis. Ich weiß, dass Gerry Koks gegen Sex mit kleinen Mädchen handelt, und ich weiß, dass er sogenannte Oma-Partys veranstaltet für seine Kumpel von der Uni und einen ausgewählten Kreis gelangweilter und / oder neurotischer Hausfrauen.“

„Was nützt dir das alles?“, fragte Susan.

„Also, ich weiß, wie Joe an die Bänder gekommen ist. Und ich bin dabei, mir auszudenken, wie ich sie wieder zurückkriege. Ich kann immerhin seinen Sohn ganz schön unter Druck setzen.“

„Ist das nicht gefährlich?“, fragte Susan.

Ich nahm einen langen Zug aus meinem Glas. „Wer Angst vor dem Tod hat fürchtet das Leben“, sagte ich.

„Das ist schlichter Unsinn“, sagte Susan.

„Oh, ist dir das auch aufgefallen?“

„Es wird gefährlich, nicht wahr?“

„Vielleicht“, sagte ich. „Ich weiß nicht. Ich bin mir nicht ganz klar darüber, wie stark Joe in die ganze Sache verwickelt ist. Es ist zu kompliziert. Zu ausgeklügelt. Joe hat in seinen Anfängen den Leuten mit dem Baseballschläger die Kniescheiben zertrümmert. Viel feinfühliger ist er nie geworden.“

„Was glaubst du, was da läuft?“

„Ich weiß nicht. Ich weiß nur, dass all das nicht Joes Stil ist.“

„Vielleicht arbeitet sein Junge auf eigene Rechnung“, sagte Susan. „Außer, dass die Organisation seines Vaters hineingezogen wurde.“

„Vinnie Morris hat mich nämlich besucht und mit mir geredet.“

„Wer ist das?“

„Er ist, eh, sein leitender Angestellter.“

„Aha.“

„Und dann waren da noch die Schläger in Springfield und Louis Nolan.“

Sie nickte. „Würden die denn etwas für den Jungen tun, ohne beim Vater zurückzufragen?“

Ich zuckte mit den Schultern. „Vielleicht die niederen Handlanger. Jedenfalls dann, wenn sie glaubten, es käme von Joe … Aber Vinnie …“ Ich schüttelte den Kopf. „Vinnie würde wissen, ob ein Auftrag von Joe kommt oder nicht.“

„Wie willst du also weiterkommen?“

„Früher oder später werde ich mit Joe persönlich sprechen müssen“, sagte ich. „Aber nicht vor Samstag. Ich fahre nicht zurück nach Boston, bevor wir nicht das Konto ausgeglichen haben.“

„Mein Mazza Einkaufszentrum gegen deine National Gallery“, sagte Susan. Ihr Gesicht war, wie es immer war: komplex, wunderschön, ausdrucksvoll. Im letzten Jahr war noch ein leicht in sich gekehrter Zug hinzugekommen, so, als hörte sie dauernd auf ein kaum vernehmbares Wispern von irgendwoher, vielleicht ihren Namen, zart und sanft. Susan, Susan, Susan.

26

Der blaue Chevy war am nächsten Morgen wieder hinter mir, als Susan und ich das Hotel verließen, und er war noch immer da, als ich Susan vorm Medical Center aussteigen ließ. Sie blieben mir diesmal deutlicher auf den Fersen, als ob es ihnen nichts ausmachte, dass ich sie entdeckte. Das bedeutete vielleicht, dass sie sich mir bei passender Gelegenheit nähern würden. Ich beschloss, ihnen die Chance zu bieten.

Ich fuhr die North Capitol Street hinunter, umrundete das Capitol und parkte im Madison Drive in der Nähe des neuen Flügels der National Gallery. Es war früh, und die Touristen hatten noch nicht alle Plätze besetzt. Hinter mir hatten sich, den Bordstein entlang und das Capitol im Hintergrund, die Verkaufswagen bereits postiert und boten ihre Imbisse, Wimpel, Aschenbecher, Briefbeschwerer, Hüte, Postkarten, Schlüsselanhänger und übergroßen Kugelschreiber an. Auf allem, außer auf dem Essen, stand der Name „Washington, D.C.“. Der frühe Vogel fängt den Wurm.

Ich stieg aus meinem Wagen und lehnte mich gegen die Motorhaube, während meine Beschatter sich selbst einen Parkplatz suchten und die beiden gepflegten Herren in ihren Jacken und Krawatten ausstiegen und zu mir herübermarschierten. Sie sahen aus wie diese Typen, denen man im

Tennisclub beim Doppel zusehen kann. Groß, stämmig, gewinnend. Einer von ihnen hatte einen ordentlichen blonden Schnurrbart. Ihr Haar war hinten kurz geschnitten, während sie es seitlich lang trugen, bis über die Ohren. Der Kerl ohne Schnurrbart trug eine Sonnenbrille mit Goldrand. Er hatte ein langes, ovales Gesicht und schien sich diesen Morgen beim Rasieren ins Kinn geschnitten zu haben. Der Kerl mit dem Schnurrbart war unversehrt. Vielleicht war er der Hellere von beiden.

Ich lächelte ihnen zu, als sie auf mich zukamen.

Der mit der Sonnenbrille sagte: „Heißen Sie Spenser?"

Ich sagte: „Stimmt genau, und ich finde es tatsächlich verdammt nett, so auf der Straße erkannt zu werden."

„Der Kongressabgeordnete Browne würde Sie heute Morgen gern in seinem Büro begrüßen, falls es Ihnen passt."

„Ein Kongressabgeordneter? Mich unbedeutenden Zeitgenossen?"

Der Kerl mit der Sonnenbrille nickte müde. Sein Kumpel, der besser koordinierte ohne Kratzer, stand etwas links von mir und hatte seine Hände hinter dem Rücken gefaltet. Teilnahmlos.

Ich sagte: „Ist euer Kongressabgeordneter Frühaufsteher?"

„Wie bitte?"

„Ist er schon auf?", fragte ich.

„Oh, ja. Wollen wir gleich gehen?"

„Sicher. "

„Es ist einfacher, wenn Sie mit uns fahren. Sie lassen Sie oben auf dem Hügel nicht parken, wenn Sie keinen Parkausweis haben."

„Okay. Können Sie es in Ordnung bringen, falls ich hier für mein Parken ein Strafmandat bekomme?"

Der Teilnahmslose sagte: „Beachten Sie es gar nicht. Dieser verdammte Polizeidistrikt verliert sowieso acht von zehn seiner Belege."

Stille Wasser sind tief. Ich stieg in den Wagen, und wir fegten den Hügel hinauf. Der Teilnahmslose fuhr, und als wir am Cannon Office Building auf der Independence ankamen, hielt er an und blieb beim Auto, während der Kerl mit der Sonnenbrille mich hineinführte.

Natürlich ging es erst einmal durch den unvermeidlichen Rundbau. Hinter der Tür saß ein Cop mit einer Kanone an einem Tisch, aber er schenkte uns keinerlei Beachtung, und so gingen wir nach rechts an ihm vorbei und einen Flur hinunter.

Das Cannon House Office Building war kein ganz harmonischer Bau. Die Flure waren sehr geschmackvoll mit grauem und weißem Marmor ausgelegt. Dafür hatten die Wände diesen typischen grünen Anstrich, wie man ihn auch aus dem Sozialamt kennt. Die Beleuchtung hing von den Decken: Die hässlichen, schlichten Glühbirnen wurden durch große runde Gebilde verdeckt, die an verformte, weiße Ananas erinnerten. Mein Gastgeber eilte mit mir den Flur im ersten Stock entlang. Der Abgeordnete von North Carolina hatte vor seinem Büro die Flagge seines Staates und die amerikanische Fahne aufgestellt. Wir kamen an Meade Alexanders Büro vorbei. Keine Flaggen. War das patriotisch? Im Flur schwirrten jede Menge adrett aussehende junge Frauen herum, Kongressangestellte im Dienste der Nation. Geldzuwendungen mussten verteilt, Dienstanweisungen weitergegeben werden, alles für einen immer vollkommeneren amerikanischen Staat.

Brownes Büro lag zwischen denen von Shannon aus Massachusetts und Roukema aus New Jersey. Genauer gesagt zwischen dem Zusatzzimmer von Roukema und Roukema selbst, aber ich befasste mich mit den Personen in den Büros, nicht mit den Zimmern. An der Tür stand „Abgeordneter Robert P. Browne, Staat von Massachusetts". Unter dem Namen befand sich das Staatssiegel. Wir gingen hinein.

Das Büro, das wir betraten, diente als Empfangs- und Arbeitsraum zugleich. Drei junge Damen saßen an ihren Schreibtischen. Zwei von ihnen trugen weiße Blusen mit Peter-Pan-Kragen. Die andere trug ein offenes rosa Hemd im Herrenschnitt mit Button-Down-Kragen. Darüber trug sie eine grüne Wollstrickweste. Solche Westen sieht man normalerweise nur auf Golfplätzen oder bei Rettungseinsätzen. Aber wenn eine Frau sie trug, nannte man sie vielleicht anders. An den Wänden hingen Fotos von Browne und mehreren US-Präsidenten.

„Der Kongressabgeordnete da?", fragte mein Begleiter. Er hatte es auch beim Sprechen eilig.

„Ja, Barry. Er sagte, dass Sie und … Er sagte, Sie sollen gleich hereinkommen."

Wir gingen in das hintere Büro. Und da stand er. Silberhaarig, schmales Gesicht, braungebrannt. Er stand schon, als wir hineingingen, und er war gut fünf Zentimeter größer als ich. 1,90 mindestens. Er hatte lange und schmale Hände, und seinen Fingern sah man an, dass sie auch schwierige Arbeiten bewältigten. Er trug einen Zweireiher aus grauem Flanell, rosa Hemd, rote Krawatte und ein rosa Ziertüchlein in der Brusttasche.

„Morgen, Barry", sagte er. „Es scheint, Sie hatten Erfolg."
Barry wies mir mit einer Kopfbewegung einen Sessel an.

„Und auch Ihnen einen guten Morgen, Mr." Er warf einen schnellen Blick auf seinen Schreibtisch und sah dann wieder zu mir herüber „Spenser. Ich danke Ihnen sehr, dass Sie so prompt gekommen sind."

Ich setzte mich in den Sessel, den Barry mir zugewiesen hatte. „Barry", sagte Browne, „ich glaube, ich brauche Sie im Moment nicht mehr. Besten Dank. Aber schauen Sie doch vielleicht nachher noch einmal rein."

Barry nickte, bestätigte den Auftrag und eilte hinaus. Mit seinem Tempo kam wohl in ganz Washington keiner mit. Vermutlich wartete irgendwo Zeit darauf, totgeschlagen zu werden und Barry wollte sich dringend darum kümmern.

Nachdem er gegangen und die Tür wieder zu war, setzte Browne sich auch in seinen Sessel, kippte ihn nach hinten, legte seine Füße auf die Schreibtischplatte und faltete seine Hände hinter dem Kopf.

Wir sahen uns eine Weile an. Sein Sessel war dreh- und schwenkbar, meiner nicht. Ich wollte mich natürlich genau so lässig geben, aber auf den beiden Hinterbeinen meines Sessels zu schaukeln, würde mich eher umwerfen als mir helfen. Also saß ich gerade, aber bequem, faltete meine Hände im Schoß und lächelte ihn gewinnend an. Browne nickte leicht mit dem Kopf und erwiderte mit einem kleinen Lächeln.

Das Büro war in Mahagoni getäfelt, und hinter Brownes Schreibtisch sah man die amerikanische Flagge und eine mit den Emblemen seines Staates. Das Mahagoni war nicht echt, sondern Furnier, gerieft und gestrichen. Vielleicht der Grund, warum er in den Senat wollte. Vielleicht kriegte ein Senator echtes Mahagoni. Zwischen den Fahnen an der Wand hing ein Bild von Franklin Roosevelt.

„Ich glaube, der direkte Weg ist der beste, Mr. Spenser. Sie sind unterwegs gewesen und haben Erkundigungen über einen jungen Mann angestellt, dessen Familie in meinem Wahlbezirk wohnt. Ihre Fragen beinhalteten Beschuldigungen. Außerdem haben Sie sich als, eh, Regierungsangestellter ausgegeben."

Ich nickte. Mein Lächeln wurde noch gewinnender. Ich lehnte mich ein wenig vor, damit ich Browne noch voller und offener in die blassblauen Augen sehen konnte.

„Wir haben natürlich nachgeforscht."

„Natürlich", sagte ich.

„Ein paar von meinen Leuten aus meinem Wahlkreis haben mir einen vollständigen Bericht über Sie angefertigt, über Ihren Beruf, Ihren Ruf", er wischte mit der Hand durch die Luft, „über all diese Dinge."

„Ja", sagte ich.

Browne schürzte die Lippen und nickte erneut mit dem Kopf. Das Bild von Roosevelt musste vor dem Krieg gemacht worden sein. Sein Gesicht war voll, und seine Augen blickten klar.

Browne fuhr sich mit der Zunge hinter den geschlossenen Lippen über die obere Zahnreihe. „Nun ja", sagte er, „ich bin hier ja nicht gelandet, weil ich Angst habe, etwas auszusprechen. Haben Sie Beweise, die Ihre Anschuldigungen gegen Gerry Broz untermauern?"

„Beweise sind etwas, das man vor Gericht braucht und über die das Gericht entscheidet, geschätzter Kongressmensch. Sie meinen Material." Browne sah schon etwas weniger entspannt aus. Aber für ihn galt die Maxime von der Kunst des Möglichen. „Ich korrigiere", sagte er. „Haben Sie Material?"

Ich sagte: „Hmm."

Er schürzte wieder die Lippen und fuhr mit der Zunge dahinter umher.

„Was haben Sie?", fragte er.

„Die Infos. Den Geruch einer Fährte in der Nase. Was Ihnen besser gefällt."

„Weichen Sie mir nicht aus."

Ich lächelte aufrichtig. „Ich tue was ich will“, sagte ich.

Browne zog die Hände hinter dem Kopf hervor und kreuzte sie vor der Brust.

„In Ordnung“, sagte er. „Es reicht. Ich bin Abgeordneter der Vereinigten Staaten von Amerika, und das bin ich schon eine ganze Zeitlang, und ich habe meine Beziehungen. Ich kann Ihnen nur sagen, dass Sie dabei sind, sich in ziemliche Schwierigkeiten zu bringen, ziemlich große und andauernde Schwierigkeiten.“

„Wenn die Wände aus echtem Mahagoni wären“, sagte ich, „würde ich vielleicht einknicken. Aber …“ Ich hob die Hände.

Browne wurde sauer und bemühte sich, es nicht zu zeigen, was ihm aber nicht gelang. „Wissen Sie überhaupt, wer der Vater dieses jungen Mannes ist?“

Ich nickte.

„Dann können Sie sich vielleicht vorstellen, wie er Sie unter Druck setzen kann, falls mir das nicht hinreichend gelingt.“

„Nicht falls, Herr Kongressmensch. Ihr Druck genügt nicht.“

„Ich denke nicht daran, mit Ihnen zu diskutieren, Spenser. Ich will, dass Sie Gerry Broz in Ruhe lassen. Sie sind gewarnt. Machen Sie weiter, haben Sie sich die Folgen selber zuzuschreiben.“

„Weiß Joe über Gerry Bescheid?“, fragte ich.

„Was soll er über ihn wissen? Wie soll ich wissen, was Gerry Broz' Vater weiß? Was ist denn das für eine Frage?“

„Eine, die ich, glaube ich, beantworten kann“, sagte ich. „Wenn Joe Bescheid wüsste, dann wäre Gerry zu ihm gegangen und nicht zu Ihnen, und dann wären ein paar Leute aufgetaucht, die wirklich Schaden anrichten können, und nicht solche Computerverkäufer, wie Sie sie mir geschickt haben.“

Browne beschloss, zuzumachen. Er starrte mich mit leerem Gesicht an. Vielleicht sein einziger authentischer Blick.

Ich schüttelte den Kopf. „Joe weiß nicht Bescheid“, sagte ich.

Browne sah mich weiter an. Hinter seinem leeren Blick spürte man die Angst. So hatte er sich das nicht vorgestellt.

„Sagen Sie, wer hat eigentlich zu diesem Treffen eingeladen?“, fragte ich.

„Es reicht“, sagte er. „Schluss. Guten Tag, Sir.“

Ich stand bereits. „Guten Tag, Herr Kongressmensch“, sagte ich.

Plötzlich stand er auf. „Ich bin kein verschissener Kongressmensch, ich bin ein Abgeordneter, verdammt noch mal, ein Abgeordneter“, sagte er. Seine Stimme war leicht heiser.

In der Tür blieb ich stehen und drehte mich noch einmal um.

„Vor Gott sind wir alle nur Menschen“, sagte ich.

27

Susan und ich verbrachten den ganzen Samstag in der National Gallery. Wir sahen uns die Rodin-Sonderausstellung an, zogen durch die verschiedenen Sammlungen, schauten nach den französischen Impressionisten, kurz auch nach den Kubisten und Jackson Pollock, der weiß der Teufel welcher Bewegung angehörte. Aber die meiste Zeit verbrachte ich, wie immer, bei den niederländischen Malern wie Rembrandt, Vermeer und Frans Hals. Am Abend fuhren wir hinauf nach Baltimore und aßen Crab Cake im *Harbor Place.* Den Sonntag über lagen wir die meiste Zeit im Bett, lasen Zeitung und testeten die Qualität des Zimmer-Service.

Am Montagmorgen brachte ich sie wieder zur Arbeit. Sie küsste mich zum Abschied, und wir hatten beide irgendwie ein Gefühl von Unvollkommenheit, so, als fehlte uns etwas. Als marschierten wir jeder nach einem anderen Rhythmus. *Himmel.* Allein im Auto schüttelte ich ärgerlich den Kopf und begab mich in meinem eigenen Rhythmus zum National Airport.

Ich ließ den Wagen zurück und buchte einen Flug nach Boston. Um 13:45 Uhr hielt ich vor einem Bürogebäude in der State Street. Bevor ich hineinging, schaute ich zum Ende der State Street hinauf, wo das alte South Meeting House stand, aus blassroten Ziegeln gebaut, mit dem Löwen und dem Einhorn an der Front in Höhe des zweiten Stocks, beide aus Stein gemeißelt und mit Blattgold verziert. Von dort glänzten sie herab, wie sie es schon getan hatten, als vom Balkon dieses Hauses die Unabhängigkeitserklärung verlesen wurde, und noch früher, als Crispus Attucks in dieser Straße erschossen wurde. Der fade Geschmack verschwand ein wenig von meiner Zunge. Das war etwas anderes als Washingtons Regierungspracht.

Ich fuhr mit dem Fahrstuhl in den elften Stock und ging den marmorverkleideten Gang bis zum Ende hinunter auf eine Milchglastür zu, auf der in leicht blätternden Goldbuchstaben „Continental Consulting Co.“ stand. Ich ging hinein. An den Wänden hingen noch immer dieselben Utrillo-Drucke. Eine keck ausschauende Empfangsdame in kariertem Rock und grünem Pullover lächelte mich an und fragte: „Kann ich Ihnen helfen?“

„Zu Joe Broz, bitte.“

„Wen darf ich ihm melden?“

Ich sagte es ihr. Sie sprach ins Telefon. Dann drehte sie sich zu mir um. Ernstes Gesicht. Ihre Nase, fiel mir auf, war an der Spitze ein wenig nach oben gebogen. Ihre braunen Haare waren kurzgeschnitten und sehr akkurat frisiert. Der Nagellack war frisch aufgetragen, dunkel, fast braun.

„Darf ich Sie fragen, worum es geht, Mr. Spenser?"

„Gerry", sagte ich. Sie gab die Botschaft weiter.

Die Tür hinter ihr ging auf, und Vinnie Morris stand im Rahmen.

Sein Gesicht war leer, aber er hatte seinen harten Blick auf mich gerichtet. Mit einer Kopfbewegung signalisierte er mir, hineinzukommen. Alles war wie immer. Der Raum ganz in Weiß. Der schwarze, große Schreibtisch. Das breite Panoramafenster mit Blick auf die Küste. Der dunkelblaue Vorleger. Aber Broz hatte sich verändert. Die letzten zehn Jahre hatten ihn alt gemacht. Seine Haare waren weiß. Er schien schlanker geworden zu sein. Er war noch immer overdressed, alles untadelig, aber längst nicht mehr so theatralisch. Er bewegte sich nicht mehr so, als stünde er vor der Kamera.

Erstaunlich. Und hier stand ich, jugendlich und vital wie immer. „Was, verdammt noch mal, wollen Sie von mir?", fragte Broz.

„Ach, Joe", sagte ich. „Das ist es, was Sie so einmalig macht, dass Ihre Klasse immer mal wieder durchscheint."

„Ich habe Ihnen eine Frage gestellt."

Außer Vinnie war noch Ed im Zimmer. Er lehnte an der gepolsterten Bar, eine aufgeschlagene Ausgabe von *People* vor sich. Und dann saß da noch einer von Joes Firma in einem schwarzen Ledersessel, die Füße auf dem Kaffeetisch. Er hatte lange schwarze Haare und einen Spitzbart. Er trug einen rosa Kaschmirpullover, der sich gefährlich über seinem Bauch und seinen Oberarmen spannte. Fett, aber hartes Fett. Ein Bodybuilder auf Abwegen.

„Dieses Gespräch ist Familiensache. Wollen Sie sie dabeihaben?“

Ohne seinen Blick von mir abzuwenden, sagte er: „Ed und Roger, wartet im Vorzimmer.“

Sie gingen sofort, ohne eine Frage oder Bemerkung. Nachdem sie draußen waren, lehnte sich Vinnie gegen die Tür, die Arme verschränkt.

Broz lehnte sich zurück. Sein Gesicht war gebräunt und voller Falten. Den Mund hatte er noch voller weißer Zähne, und er trug noch immer einen Diamantring am kleinen Finger. Seine Augen hatten nichts Menschliches. Er nickte mit dem Kopf zu mir herüber. Ich sollte beginnen.

„Ich kann Ihren Kleinen einbuchten lassen, Joe.“

Broz zeigte keine Bewegung. Es war, als starrte man in die tiefen Augen einer Schildkröte.

„Er dealt mit Kokain. Er hat mit Sex-Orgien zu tun, an denen minderjährige Kinder teilnehmen. Er vertreibt pornografisches Material. Ich weiß das, und ich kann es beweisen.“

Vinnie rührte sich nicht von der Tür. Broz' Augen waren kaum noch offen. Nichts tat sich, keine Bewegung.

„Was ich nicht weiß, aber mir denken kann, ist, in welchem Maße er das in Ihrem Auftrag tut.“

Noch immer keine Bewegung.

„Ich vermute, das ist nicht der Fall. Ich vermute, er macht das auf eigene Kappe und versucht, eigene Erfolge vorzuweisen und seinem alten Herren zu imponieren.“

Ich machte eine Pause. Es herrschte eine kristallene Stille im Raum.

Broz schien noch tiefer in sein eigenes Schweigen eingetaucht zu sein. „Ich vermute, dass er außerdem Meade Alexander mit schmutzigen Filmchen von Mrs. Alexander erpresst.“

Der Himmel über Broz' Panoramafenster zeigte ein klares Blau, keine Wolken, eine blasse Wintersonne. Unterhalb konnte ich den Bogen des Hafens sehen und in der Ferne die Küste südlich hinter Columbia Point.

Als Broz endlich sprach, schien seine Stimme gar nicht ihm zu gehören; sie schien von weither und aus der Tiefe zu kommen. „Erzählen Sie mir davon", sagte er.

Ich erzählte ihm von den Morddrohungen gegen Alexander. Ich erzählte ihm von den beiden Studenten, die man in Springfield bedroht hatte. Ich erzählte ihm von Louis Nolan. Ich erzählte ihm von der Erpressung und von den Filmen. Ich erzählte ihm, dass einer der Darsteller in Mrs. Alexanders Film Gerry selbst war. Ich erzählte, wie ich in Gerrys Wohnung eingedrungen war. Über die beiden Minderjährigen, über die Route, die Gerry bei seinen Kokainlieferungen abgeklappert hatte, über die Oma-Party und über das Gespräch, das ich mit Bobby Browne in seinem Büro mit den falschen Mahagoni-Holzwänden gehabt hatte. Während des ganzen Vortrags waren Joes Augen zwischen den Schlitzen kaum zu sehen. Er hätte eine Terrakotta-Figur sein können, wie er so dasaß, braun, alt und unfehlbar, nicht einmal atmen konnte man ihn sehen. Hinter mir, an der Tür, hielt Vinnie unverändert Wache.

Als ich fertig war, starrte Broz mich weiterhin an, dann wandte er sich ab und blickte zu Vinnie. Nur seine Augen bewegten sich dabei. Das gebräunte, faltige Gesicht und der graue Kopf blieben unbewegt. Seine Altmännerhände ruhten ruhig auf der Tischplatte vor ihm. Die bleiche Sonne schien durch das Panoramafenster und warf ein kleines Spektrum auf die Platte, dort, wo sie durch den Diamanten an seinem Finger schien. Als Broz sprach, tat er es wieder mit dieser tiefen, entfernten Stimme.

„Vinnie?“

„Ja, Joe. Ich wusste darüber Bescheid.“

„Und ich wusste es nicht“, sagte Broz.

„Ich hab es erst erfahren, als der Junge schon in der Sache drin steckte, Joe. Ich habe getan, was ich konnte.“

Ich schaute mich nach Vinnie um. Er stand da wie vorher, die Arme verschränkt, den Rücken gegen die Tür gelehnt. Er schenkte mir keinerlei Beachtung. Seine Augen waren auf Broz gerichtet.

Wieder Schweigen. Jetzt konnte ich die Atemzüge von Joe hören, sanft und mühelos.

„Und was er da erzählt, ist die Wahrheit?“, fragte Broz.

„Ja, Joe, das ist es. Der Junge will deinen Respekt. Er …“ Vinnie zuckte mit den Schultern und drehte seine Handflächen nach oben.

Broz’ Stimme wurde sanfter. „Ich liebe ihn“, sagte er. „Das sollte ihm genügen.“

„Er ist noch jung, Joe“, sagte Vinnie.

Broz nickte langsam. Es war die erste Bewegung, die er machte, seit ich zu reden begonnen hatte. „Ich weiß.“

Vinnie sagte nichts mehr. Broz blickte zu mir herüber. „Sie haben keine Kinder“, sagte er.

„Nicht direkt.“

„Hatte ich auch nicht, bis ich alt war. Was der Junge getan hat, hat er auf eigene Faust getan. Einiges von dem, was er getan hat, würde ich nie machen. Schmuddelfilme und dieser Mist. Ich mag das nicht.“

„Und Sie mögen es auch nicht, dass Browne durch so etwas in eine gefährliche Lage gerät.“

Broz nickte. „Ich habe in ihn vom ersten Tag seiner Kandidatur investiert“, sagte er. „Ich habe jedes Jahr seitdem Geld in ihn gesteckt, investiert. Wenn Browne auffliegt, dann habe ich meine Investition verloren. Du hättest mir davon erzählen müssen, Vinnie."

„Mag sein. Aber ich wusste, wie dich das treffen würde, Joe. Ich habe versucht, die Sache zu bereinigen, bevor du davon erfährst."

„Es ist mein Junge, Vinnie, und mein Problem."

„Ich hätte die Sache klären können, wenn Alexander nicht ausgerechnet ihn angeheuert hätte." Vinnie nickte in meine Richtung.

Broz nickte. „Okay, Vinnie, an deiner Stelle hätte ich es genauso gemacht." Er sah mich an. „Was wollen Sie von mir?"

„Ich will, dass die Bänder von Mrs. Alexander vernichtet werden und ich will, dass die beiden in Ruhe gelassen werden."

„Das ist alles?"

„Ja."

„Was ist mit der Wahl?"

Ich grinste. „Möge der Beste gewinnen", sagte ich.

„Wir könnten Sie auch im Hafen verschwinden lassen", sagte Broz. Ich nickte.

„Wir bleiben in Verbindung", sagte Broz.

28

Am gleichen Abend hing ich um 18:45 Uhr am Schalter der Eastern Airlines herum und wartete auf Paul Giacomin, der aus New York kam, um die Weihnachtstage bei mir zu verbringen. Es herrschte ein ziemlicher Verkehr, und sein Flug hatte Verspätung.

Ich schaute durch die Scheiben auf den Flugplatz hinaus

und dachte über Joe Broz nach. Es gab für ihn zwei Möglichkeiten. Er konnte mich umbringen lassen und hoffen, dass ich keinem Dritten Material über seinen Sohn anvertraut hatte. Oder er konnte das tun, wozu ich ihn aufgefordert hatte, die Bänder zurückgeben und meinem Wort trauen, dass ich mich an die Abmachung halten würde. Mich umzulegen, wäre das, was Joe normalerweise getan hätte. Ich hoffte, dass er diesmal den weniger gewohnten Weg gehen würde. Möglich war es. Schließlich war sein eigener Junge in die Sache verwickelt. Er wusste nicht, was ich mit dem Material über ihn getan hatte, auch nicht, wie viel ich hatte oder wem ich davon erzählt hatte. Sicher konnte er mich einfach umlegen lassen und dann abwarten, was passierte. Es gab keine Möglichkeit, zu wissen, was passieren würde und weil man sich ja auf das vorbereiten sollte, was der Gegner tun könnte, nicht auf das, was er tun würde, hatte ich meine normale .38er unter der Jacke und als Rückversicherung eine .25er im Spezialholster um den Fußknöchel. Außerdem war ich wachsam.

Um 19:20 Uhr kam Paul mit einem Koffer in der Hand und einem Beutel mit seinen Tanzutensilien über der Schulter den Gang herauf. Bei ihm war eine junge Frau. Ihr Haar war blassblond, glatt und ging ihr fast bis zu den Hüften. Paul hatte mir von ihr erzählt. Sie hieß Paige Cartwright. Sie trug ebenfalls einen Koffer. Paul stellte uns vor.

Sie sagte: „Mr. Spenser. Ich bin froh, Sie endlich kennenzulernen."

„Paul hat Ihnen also all die komischen Dinge erzählt, die ich so sage und tue."

„Er hat mir alles über Sie erzählt", sagte sie.

Ich nickte. „Nicht genug, dass du auf die Sarah Lawrence gehen musst", sagte ich zu Paul, „jetzt trägst du auch noch ein Handtäschchen in der Öffentlichkeit."

Er zog den Beutel fester. „Da drinnen hab ich mein Ballettröckchen“, sagte er.

Bei mir zu Hause gab es gebratene Ente mit Früchtefüllung und dazu drei Flaschen Pinot Noir. Um 1:15 Uhr saßen Paul und ich noch immer in der Küche und tranken Brandy mit Soda. Paige war dem Wein erlegen und zu Bett gegangen.

„Hast du Susan getroffen?“, fragte Paul.

„Ja.“

„Wie läuft es?“

„Es ist okay“, sagte ich. „Vielleicht nicht mehr so ganz im Takt.“

Paul nickte. „Kommt sie über Weihnachten?“

„Ich weiß nicht“, sagte ich. „Wir haben nicht darüber gesprochen.“

„Du könntest zu ihr hinunterfliegen.“

„Sicher“, sagte ich.

„Paige und ich würden hier schon zurechtkommen. Wenn du zu ihr willst, geht das in Ordnung.“

Ich nickte.

„Du hast nie daran gedacht, dich mal wieder mit einer anderen zu treffen?“, fragte Paul.

Ich trank einen Schluck Brandy mit Soda. „Einer anderen?“

„Klar. Mit der Frau, mit der du zusammen warst, bevor du Susan kennengelernt hast. Brenda? Du könntest doch mit ihr ausgehen.“

Drei Eiswürfel schwammen in meinem Glas, in einem Schuss Brandy und einem Rest Soda. Es war halb leer. Ein Stück des obersten Eiswürfels ragte über die Oberfläche.

„Nein“, sagte ich.

„Warum nicht?“

„Ich liebe Susan“, sagte ich. „Ich möchte bei ihr sein. Alle anderen langweilen mich.“

„Keine außer Susan? Du hast dich nie mit einer anderen getroffen?“

„In Los Angeles gab es eine Frau, die ich mochte. Habe einmal mit ihr geschlafen.“

„Warum besuchst du sie nicht?“

„Sie ist tot“, sagte ich.

Paul schwieg für einen Moment. Dann nickte er. „Ach die“, sagte er.

„Genau.“

Die Spülmaschine ging mit einem Klick aus. Die plötzliche Stille wirkte fast aufdringlich.

„Es ist mehr als das, Paul. Es ist mehr, als nur keine zu finden, die einen so interessiert.“

Er nickte. „Wenn du nun eine andere lieben könntest, was würde das dann für diese große, seit zehn Jahren andauernde Liebe bedeuten?“

„Die neue Religion ruft Zweifel hervor“, sagte ich.

„Wie ich letztes Mal schon sagte, du zahlst einen hohen Preis dafür, du selbst zu sein.“

Ich nickte.

„Es macht dich besser als andere Menschen“, sagte Paul. „Wenn du nicht gewesen wärst, was du bist, wo wäre dann ich? Aber du bist damit auch in einer Falle. Gefangener des Machismo. Ehre, Pflichtgefühl, absolute Treue, der ganze Mythos.“

„Liebe“, sagte ich. „Liebe ist auch dabei.“

„Natürlich ist sie das, und wenn es sein muss, die reine und keusche Liebe aus der Ferne. Aber, verdammt, ich wünschte, es käme mehr zurück.“

„Ich auch“, sagte ich.

„Ich meine nicht in Bezug auf Susan. Ich meine, in Bezug auf das Leben. Du verdienst es. Du verdienst, was du dir vom Leben wünschst. Du hast ein Recht darauf.“

Ich trank den Rest meines Drinks und machte mir einen neuen. „Ich bin, was ich bin, Paul. Und das nicht per Zufall. Es ist harte Arbeit, Stück für Stück. Ich wusste, wer ich sein wollte, und ich bin es auch geworden. Davon will ich nicht wieder zurückweichen."

„Ich weiß", sagte Paul. „Du kannst nicht einmal über diese Art Dinge reden, bevor du nicht etwas getrunken hast."

„Ich kann", sagte ich. „Aber ohne getrunken zu haben, scheinen mir Gespräche wie dieses witzlos. Ich kann nicht sein, der ich bin, und Susan doch auf andere Weise lieben."

„Und du willst niemand anderes sein?", fragte er.

„Ich habe zu hart gearbeitet, um der zu werden, der ich jetzt bin", sagte ich.

Paul stand auf und machte sich auch einen neuen Drink.

„Vielleicht heißt die Frage: Kannst du bleiben, der du bist, wenn die Veränderung in Susans Leben von Dauer ist?", fragte er.

„Was ich für sie fühle, wird sich nicht ändern", sagte ich.

„Und was ist mit deinen Gefühlen in Bezug auf dich selbst?"

„Ich arbeite daran", sagte ich.

29

Paul schlief mit Paige in meinem Bett. Ich nahm die Couch. Als ich am Morgen aufstand, hatte ich einen leichten Kater und dazu das eigentümliche Gefühl, irgendwann in der Nacht eine Wandlung durchgemacht zu haben. Ich sah auf meine Uhr. 6:20 Uhr. Ein paar Kilometer den Charles entlang, und vielleicht würde der leichte Kater weg sein.

Ich ging leise in mein Schlafzimmer, holte meine Trainingssachen und trug sie in das Wohnzimmer, wo ich mich anzog. Mit einer Kanone an der Hüfte zu laufen, ist eine lästige Sache. Aber ohne sie zu laufen, nachdem Joe Broz angedeutet hatte, einen eventuell im Hafen zu versenken, ist kurzsichtig. Ich löste das Problem, indem ich die kleine .25er Automatik mitnahm, die ich als Rückversicherung verwendete. Ich ließ eine Kugel aus der Kammer in den Lauf gleiten, löste den Sicherungshebel und hielt die Pistole in der Hand. Sie war klein genug, dass meine Hand sie verbergen konnte und andere Jogger sich nicht etwa bedroht fühlen mussten.

Das Wetter war für den Dezember in Boston herrlich. Es war ein paar Grad über Null, und die Gehwege die Esplanade entlang waren sauber und trocken. Ich fing an zu laufen, Richtung Westen den Fluss entlang. Zu meiner Linken die Rückseiten der Häuser an der Bacon Street. Eine Menge kleiner Balkone, eine Menge großer Panoramafenster im Parterre und eine kleine Allee mit dem klug ausgedachten Namen Back Street, Parkbuchten und hier und da Garagen. Zwischen mir und der Back Street war der Storrow Drive fast noch ganz leer in der langsam beginnenden Dämmerung. In einer Stunde würde er vom Pendelverkehr erfüllt sein, und die Luft würde dick sein von Abgasen. Ein Streifenwagen fuhr langsam hinter mir auf dem Weg. Ich machte einen Schritt zur Seite, um ihn vorbeizulassen, und er fuhr langsam weiter und verschwand, als der Weg mit dem Fluss einen Bogen machte.

Paul verstand mich auf eine Art, wie das wenige Menschen taten.

Er war erst 18, aber er hatte sich selbst rundum erneuern müssen und verstand etwas von Selbsterschaffung. Er hatte mir einmal erklärt, dass ein Tänzer eine physische Mitte braucht, um gut zu sein. Er hatte jedoch auch in Bereichen, die über das Tanzen hinausgehen, seine Mitte gefunden und ich wusste, welche Anstrengung ihn das gekostet hatte. Auch ich hatte etwas dazu beigetragen, aber ich hatte es ihm nicht abgenommen. Er hatte es selbst getan.

Vor mir joggte ein Mann in gelbem Trainingsanzug, einen Hund an der Leine. Als er ihn losmachte, rannte der Hund hinunter ans Flussufer, die Nase immer am Boden. Vielleicht sollte ich mir auch einen Hund zulegen. Der beste Freund des Menschen.

Ich fühlte mich ziemlich wohl. Es war immer schon leichter, sich wohl zu fühlen, wenn eine Sache, an der man arbeitete, ihrem Ende zuging. Es gab einem so ein Gefühl von Erfüllung. Vor allem dann, wenn der Abschluss ordnungsgemäß verlief. Die Sonne war jetzt heraus, noch nicht sehr hoch, aber schon ganz über dem Horizont, und ich blinzelte zu ihr hinauf. Ich mochte es gar nicht, im Winter zu laufen. Im Frühjahr kam man gut ins Schwitzen, und die Muskeln wurden locker in der Wärme. Lief ich aber nicht, dann fing ich bald an, mich steif und ungelenk zu fühlen, als würden meine Glieder scheppern, wenn ich mich bewegte. Läuferhoch, wo bist du, wenn ich dich brauche?

Was ich gegenüber Susan fühlte, war natürlich nicht Susans Problem. Ich liebte sie nicht ihretwegen, sondern meinetwegen. Sie zu lieben war leicht, vielleicht gar unwiderstehlich. Es war auch notwendig, aber es war mein Bedürfnis, nicht ihres. Was, zum Teufel, war denn so schlimm an dem, was sie tat? Sie widmete viel von ihrer Zeit ihrer Arbeit, war sogar darin versunken. Na und? Tausenden war die Arbeit wichtig und dennoch waren sie fähig, sich gegenseitig zu lieben. Ob ich nun bei Susan die Nummer eins spielte oder die Nummer zwei, ich konnte sie so sehr lieben, wie ich wollte oder musste. Der Trick war nur, es mit Würde zu tun. Als ich unter der Mass Ave Bridge durchlief, entdeckte ich eine blassblaue Buick-Limousine, und draußen standen Ed und sein fetter Freund mit dem Spitzbart. Ed hielt eine Kanone auf mich gerichtet. Der Spitzbart auch. Ich zog mit dem Daumen den Hahn meiner in der Hand versteckten .25er.

„Joe möchte, dass wir Sie plattmachen“, sagte Ed.

Ich schoss ihm mit meiner Pistole in die Brust, er drehte sich und fiel zur Seite. Ich prallte mit ihm auf dem Boden auf. Der Spitzbart schoss zurück und traf mich an der Oberseite des linken Oberschenkels. Ich feuerte dreimal auf ihn. Eine Kugel traf ihn unter dem rechten Auge. Er war wahrscheinlich sofort tot. Ich rollte zu Ed hinüber und sah ihn mir an. Er war auch tot. Ich schaute auf mein linkes Bein. Die dunkelblaue Jogginghose aus Baumwolle war schwarz von Blut. Ich zog sie hinunter und betrachtete die Wunde. Die Kugel war innen am Schenkel eingedrungen, direkter Durchschuss. Es schmerzte jetzt noch nicht besonders, aber das würde es bald tun. Ich schob die Pistole in meine Jackentasche, zog sie aus und auch das weiße T-Shirt, das ich darunter trug, rollte es der Länge nach auf und band es um meinen Oberschenkel. Mit der einen Hand hielt ich es fest, während ich mit der anderen Ed den Gürtel von der Hose zog und damit das T-Shirt festzurrte. Dann zog ich die Jacke wieder an und die Hose hoch und versuchte aufzustehen. Es ging. Der Oberschenkelknochen war wahrscheinlich nicht kaputt. Auf dem Storrow Drive nahm der Verkehr zu, aber die Chance, dort oben jemanden auf mich aufmerksam zu machen und herbeizuwinken, war gering. Der Kerl mit dem Golden Retriever war nirgends mehr zu sehen. Auch nicht der Hund. Und auch nicht der Streifenwagen, der mich zuvor überholt hatte. Es ist nie ein Cop in der Nähe, wenn man einen braucht.

Mein Bein schmerzte noch immer nicht besonders, aber mir war übel und schwindelig. Das Mass General Hospital war über einen Kilometer weit entfernt. Ich schwankte ein wenig und sah den Buick an. Ich machte einen Schritt nach vorn und wäre fast gefallen. Ich fing mich wieder, probierte eine Art Hüpfer und kriegte die Motorhaube des Buick zu fassen. Der Motor lief. Ich stützte mich gegen den Wagen, schob mich an den beiden toten Männern vorbei und stieg ein. Der Wagen hatte eine Automatik-Schaltung. Mit einer Gangschaltung hätte ich jetzt Schwierigkeiten gehabt. Ich legte den Gang ein, löste die Handbremse und fuhr los. Der Wagen holperte über etwas. Ich wusste, dass das Ed war. Aber ich hatte nicht genug Kraft, groß hin und her zu lenken. Ed machte es sowieso nichts mehr aus.

Es war, als würde ich betrunken Auto fahren. Ich konnte kaum meine Augen offenhalten. Beide Hände ans Steuer geklammert, starrte ich, so gut ich konnte, auf das schwarze Band des Weges vor mir. Ich fuhr zurück Richtung Osten. Ich wagte nicht, schnell zu fahren, weil ich fürchtete, die Kontrolle zu verlieren. Der Wagen schwankte. Mein Kopf fiel immer vor und wieder zurück, sobald ich mich gefangen hatte. Eine Reihe Jogger wichen mir aus. Vermutlich warfen sie mir böse Blicke zu, aber ich hatte nicht die Kraft, es zu bemerken. Mit allem, was ich noch hatte, konzentrierte ich mich auf den Asphalt vor mir. Wie durch einen Schleier bemerkte ich, dass das Radio an war und ein Ansager fröhlich über den letzten Song sprach und die Verkehrsdurchsage ankündigte. *Meiden Sie die Esplanade. Dort ist ein zweifacher Mord begangen worden, und ein langsam fahrendes Fahrzeug befindet sich auf dem Fußgängerweg.*

Der Weg vor mir fing an, hin- und herzuschwanken, und das Lenkrad gehorchte mir immer weniger. Der Weg bog sich zum Storrow Drive, und plötzlich tauchte vor mir das schmiedeeiserne Gitter auf, das den Fußweg vom Storrow Drive trennte. Ich krachte mit dem Wagen dagegen. Ich hörte den Stoß nicht mehr. Als ich in die Bewusstlosigkeit abdriftete, konnte ich aber noch das Radio hören: „Hier ist die Welle 85 … 85 … 85 …"

Als ich aufwachte, lehnte Martin Quirk über dem Fußende meines Bettes, die Hände gefaltet, die Unterarme aufgestützt.

30

Quirk sagte: „Die Leute von der Notaufnahme meinen, Sie würden nicht sterben."

„Wie schön", sagte ich. Ich hatte meine Stimme noch nicht ganz unter Kontrolle.

„Sie sagen, dass Sie vielleicht morgen schon nach Hause können", sagte Quirk.

„Ich gehe noch heute nach Hause." Meine Stimme war bereits fester.

Ich hatte wieder eine Verbindung zu ihr.

Quirk zuckte mit den Schultern. Meine linke Hand war an einen Tropf angeschlossen.

„Haben Sie mir etwas zu erzählen?", fragte Quirk.

„Ich glaube, nicht", sagte ich.

Eine kleine, blondhaarige Schwester mit blauen Augen kam herein und fühlte meinen Puls.

„Freut mich, Sie wach zu sehen", sagte sie.

„Freut mich, wach zu sein", sagte ich. Höflich.

Sie lächelte und nahm meine Temperatur. Es war eines von diesen elektronischen Thermometern, das mit einem kleinen Akku an ihrem Gürtel verbunden war. Man brauchte es nicht einmal mehr zu schütteln. Wo blieb da der Spaß an der Sache? Quirk war ruhig, während sie meine Werte ablas. Sie notierte sie auf einer kleinen Karte und sagte: „Gut."

Als sie gegangen war, sagte Quirk: „Unter der Mass Ave Bridge lagen zwei Tote, erschossen mit einer kleinkalibrigen Automatik. In ihrer Nähe haben wir fünf Patronenhülsen gefunden. In Ihrer Jackentasche haben unsere Polizisten eine .25er Automatik gefunden, in der vier Patronen fehlten. Einer der beiden Toten ist Eddie DiBenardi. Der Wagen, mit dem Sie gegen die Absperrung gerammt sind, ist auf seinen Namen zugelassen. Der andere ist Roger Francona. Er hatte eine 9 Millimeter Smith & Wesson, in der eine Kugel fehlte. Sie haben ein Loch in Ihrem Bein. Sie haben mir unten bei der Aufnahme erzählt, dass sie glücklicherweise den Knochen verfehlt hat. Eddie DiBenardi fehlt der Gürtel, aber einer mit passender Größe war um Ihr Bein gewickelt, als man Sie einlieferte." Quirk hatte sich von seiner Stütze erhoben und ging ans Fenster. Er schaute hinaus, die Hände in den Hosentaschen. Dann drehte er sich um und sah mich an.

„Einige von uns fangen an, über Zusammenhänge nachzudenken", sagte er.

„Mit derart dürftigen Beweisen wollen Sie mich überführen?", fragte ich.

„Irgendwie schon."

Ich nickte. „Sie haben mich überfallen. Sie haben nicht gesagt, warum. Ich joggte dort zufällig entlang und habe an nichts Böses gedacht."

„Mit einer geladenen Pistole in der Hand?", fragte Quirk.

„Mit einer geladenen Pistole in der Hand, und diese beiden Kerle versuchten, mich niederzuschießen."

„Und hatten Erfolg", sagte Quirk.

„Und ich schoss zur Selbstverteidigung zurück", sagte ich.

„Kennen Sie einen der beiden?"

„Nein."

„Eddie arbeitet für Joe Broz … hat für Joe Broz gearbeitet", sagte Quirk. „Was Roger angeht, wissen wir noch nicht Bescheid. Wir untersuchen das noch."

Ich nickte.

„Und, wie der Zufall so will, saßen Sie erst kürzlich in meinem Büro und haben die Akte über Joe Broz studiert."

Ich nickte.

„Möchten Sie etwas dazu sagen?", fragte Quirk.

„Nein", sagte ich. Mein Bein fühlte sich heiß und entzündet an.

Ich tastete mit meiner rechten Hand hinüber. Es war schwer bandagiert. Je wacher ich wurde, desto entzündeter fühlte es sich an. Vielleicht wartete ich doch besser bis morgen, ehe ich nach Hause ging. Quirk ging quer durch das Zimmer und schloss die Tür.

„Wie kommt es, dass ich in einem Privatzimmer liege?", fragte ich.

Quirk zeigte mit dem Finger auf die eigene Brust.

„Ich habe versucht, Susan zu erreichen", sagte Quirk. „Aber sie ist nicht da."

„Sie ist in Washington", sagte ich.

Quirk lehnte sich mit dem Hinterteil gegen die Fensterbank, verschränkte die Arme und sah mich an.

„Okay", sagte er. „Ich denke mir das so. Ich glaube, Sie haben Joe Broz genervt, und er schickte Eddie und Roger los, um Sie umzubringen. Aber die waren nicht schnell genug. Wenn schon zwei Kerle dran glauben mussten, dann waren sie keine schlechte Wahl. Ich kenne Roger zwar nicht, aber ich kenne Eddie. Eddie war der reine Abschaum. Ich möchte wetten, Roger war nichts anderes. Einen Tag, an dem man solchen Abschaum wie Eddie DiBenardi erschießt, hat man gut genutzt."

„Nettes Hobby", sagte ich.

„Andererseits", sagte Quirk, „bezahlt mich die Stadt nicht, um herumzulaufen und ‚Weiter so' zu sagen, wenn irgendwer in einem öffentlichen Park ein paar Bürger über den Haufen schießt. Auch dann nicht, wenn diese Bürger der reine Abschaum sind."

Ich nickte.

„Sie verstehen meine Position", sagte Quirk.

Ich nickte wieder.

„Wenn Sie sich etwas vornehmen", sagte Quirk, „können Sie eine ziemliche Plage sein. Zudem glauben Sie, schlauer zu sein, als Sie in Wirklichkeit sind, und Sie denken, wenn Sie etwas tun wollen, ist es notwendigerweise auch das Richtige."

„Ich bin mir da nicht mehr so sicher", sagte ich.

„Ich auch nicht", sagte Quirk. „Andererseits haben Sie, seit ich Sie kenne, nicht allzu viele Dinge so angepackt, wie ich sie an Ihrer Stelle nicht auch angepackt hätte."

„Vielleicht liegen wir eben beide falsch", sagte ich.

„Vielleicht", sagte Quirk, „aber ich glaube, es gibt nicht viel, was wir dagegen tun könnten." Er stand auf, öffnete die überkreuzten Arme und steckte die Hände zurück in die Hosentaschen. „Wie dem auch sei. Ich sehe im Moment keinen Grund, Sie anzuzeigen, aber ich brauche ein paar Informationen. Eddie und Roger waren nicht die beiden letzten Typen, die Broz anheuern konnte. Wenn er Sie unter der Erde haben will, kann er hartnäckig sein. Und sollte er dabei Erfolg haben, dann wäre es natürlich schön, wenn ich ihn damit festnageln könnte."

„Sie sentimentaler Bastard", sagte ich.

„Nun mal inoffiziell“, sagte Quirk. „Was geht hier vor, verdammt noch mal?“

Ich erzählte es ihm. Alles.

Als ich zu Ende war, sagte Quirk: „Die Frau von dem Kerl ist es nicht wert.“

„Ronni Alexander?“ Ich zuckte mit den Schultern. „Sie ist es Meade wert.“

„Meade hat man nicht ins Bein geschossen“, antwortete Quirk.

Ich sagte nichts.

„Setzen Sie Broz weiter unter Druck?“, fragte Quirk.

„Mir fällt nichts Besseres ein“, sagte ich.

Quirk nickte. „Okay. Ich tue Folgendes“, sagte er. „Ich lasse verlauten, dass ich, ähm, aufpasse, dass Ihnen nichts in dieser Sache passiert. Joe wird das erfahren. Ich lasse ihn wissen, dass ich ihm für den Fall, dass Ihnen etwas passiert, das Leben zur Hölle mache.“

„Das wird helfen“, sagte ich.

„Ja, das wird es. Joe ist sehr praktisch veranlagt. Aber ich weiß nicht. Diesmal geht es um seine Familie. Ich weiß nicht, ob es ausreicht.“

„Vielleicht nimmt Joe zur Kenntnis, dass ich nicht so leicht zu packen bin“, sagte ich. „Diesmal ist es für ihn ja nicht so gut ausgegangen.“

„Das war diesmal“, sagte Quirk. „Wenn es sein muss, schickt er Vinnie Morris. Es ist um einiges schwieriger, schneller als Vinnie zu sein.“

„Stimmt“, sagte ich.

Quirk nahm seinen Mantel von der Stuhllehne, über die er ihn sauber gehängt hatte. „Aber egal, es ist Ihr Problem“, sagte er.

„Stimmt ebenfalls“, sagte ich.

Quirk schob seine Arme in den Mantel. „Ich habe Ihren Kumpel unten beim *Harbor Health Club* angerufen“, sagte Quirk. „Cimoli. Habe ihm erzählt, dass jemand versucht hat, Sie umzulegen. Er sagte, er würde jemand schicken, der Ihnen Beistand leistet.“

„Danke“, sagte ich.

Quirk nickte und öffnete die Tür. Als er hinausging, kam Hawk herein. Sie gingen aneinander vorbei, ohne ein Wort zu sagen.

31

In meinem Krankenzimmer gab es ein Telefon, und so rief ich in meiner Wohnung an, erreichte dort Paul und sagte ihm, dass ich nicht vor morgen nach Hause käme. Warum, sagte ich ihm nicht.

Er meinte, er und Paige wollten zum Quincy Market und dort den Nachmittag verbringen, und am Abend würden sie sich die Vorstellung einer Tanzgruppe anschauen, von der ich noch nie gehört hatte. Er sagte, er habe genug Geld, und ich meinte, so etwas wie genug Geld gäbe es gar nicht; und wir hängten auf.

Hawk saß im Besuchersessel, die Füße auf der Fensterbank, und las das *Ring Magazin*. Seine daunengefütterte Lederjacke hatte er ausgezogen und auf einen Bügel im Schrank gehängt. Eine .357 Magnum hing im Holster unter seinem linken Arm. Er hatte einen Rollkragenpullover an, Markenjeans und Stiefel aus Schlangenleder.

„Mann, wenn du noch boxen würdest“, sagte Hawk. „Wärst du reich. Sie brauchen eine große weiße Hoffnung, so sehr, dass sie hochstufen würden.“

„Vielleicht ist es noch nicht zu spät“, sagte ich. „Bei den Gegnern, die es da draußen gibt, könnten wir vielleicht um einen Titel kämpfen.“

„Du hast einen Plan?“, fragte Hawk.

„Für den Titelkampf?“

„Nein, um die Sache zu bereinigen. Quirk hat Henry gegenüber durchblicken lassen, dass irgendjemand dich umlegen will. Hast du eine Idee, wie du das wieder hinbiegen willst?“

„Warum?“, sagte ich. „Bist du dabei?“

„Mhh.“

„Sobald ich hier raus kann, möchte ich Joe Broz treffen. Wenn wir es so hinbekommen, dass es leichter für ihn ist, sich mit mir zu arrangieren als mich zu töten, sollten wir einen Deal zustande bekommen.“

„Was für eine Art Deal soll das werden?“, fragte Hawk.

Ich erzählte ihm, was ich Quirk erzählt hatte. Alles. Hawks Gesicht strahlte, als ich fertig war.

„Heilige Scheiße“, sagte er. „Du willst tatsächlich Joe Broz erpressen? Wahnsinn.“

„Habe ich eine andere Wahl?“, fragte ich.

„Erzähl dem Kongresstypen, er soll seine Alte zu Hause einsperren“, sagte Hawk. „Oder sie rausschmeißen.“

Ich sagte: „Nein.“

Hawk grinste.

„Hab mir gedacht, dass du nicht darauf eingehst“, sagte Hawk. „Wollte nur testen, ob dein Schädel noch so weich ist, wie früher.“

„Quirk sagt, er will Broz stecken, dass er auch ein Auge darauf hat.“

„Hilfe“, sagte Hawk. „Quirk möchte Broz nun wirklich nicht am Arsch haben.“

Die kleine Krankenschwester kam wieder herein und fragte, ob ich Hunger hätte. Ich sagte ja, und sie brachte mir eine Menükarte.

„Ich komme in ein paar Minuten wieder", sagte sie. Falls sie Hawk und seine Magnum bemerkt hatte, ließ sie es sich nicht anmerken.

Hawk sah ihr nach, die Lippen geschürzt. Als die Tür hinter ihr zufiel, sagte er: „Vermutlich will Broz auch mich und dich nicht am Arsch haben, wenn man so drüber nachdenkt."

„Und ich wette, er will nicht, dass sein Junge sich blamiert und vielleicht verhaftet wird", sagte ich. „Ich wette, er arrangiert sich mit uns."

Hawk zuckte mit den Schultern. „Wir könnten auf Nummer sicher gehen", sagte er. „Wir könnten ihn umlegen. Und seinen Jungen."

„Dann müssten wir auch noch Vinnie Morris umlegen", sagte ich. „Vinnie gehört praktisch zur Familie."

Hawk zuckte noch einmal mit den Schultern. „Okay. Joe, den Jungen und Vinnie."

„Die Filme könnten trotzdem noch an die Öffentlichkeit kommen. Ich weiß nicht einmal, wo sie sind."

Hawk grinste. „Sie sieht gut aus?"

„Ja."

„Soll ich die mal überprüfen? Nachsehen ob sie technisch akkurat sind?"

Die Schwester kam zurück und holte den Zettel mit meiner Bestellung. Sie beachtete Hawk noch immer nicht. War wohl die Ausbildung. Hawk war nämlich nicht leicht zu übersehen. Auch nicht ohne die Kanone unter seinem Arm. Er wog gute 90 Kilo bei 1,88 Meter. Seine Haut war tiefschwarz, und sein glattrasierter Schädel glänzte im Licht der

Neonlampe an der Krankenhausdecke. Als sie wieder gegangen war, sagte ich: „Der Film ist in Ordnung."

Hawk zuckte mit den Schultern und wandte sich wieder seinem Magazin zu.

Das Essen kam, und ich teilte es mit Hawk. Nachdem ich ein wenig verdaut hatte, stand ich aus dem Bett auf und versuchte zu gehen. Humpelnd und mit etwas Hilfe von Hawk ging es.

„He ain't heavy", trällerte Hawk. „He's my brother."

„Ich werde mir einen Gehstock besorgen", sagte ich. „Morgen früh verschwinde ich von hier."

„Gut", sagte Hawk. „Es ist stinklangweilig hier."

„Du musst auch nicht hierbleiben", sagte ich.

„Wenn du abgemurkst wirst, während du hier in deinem Bett liegst, wird Henry mich mein Leben lang auslachen. Du weißt, wie dieser kleine Mistkerl ist."

Ich nickte. „Ein harter Knochen", sagte ich.

„Lieber schlafe ich die ganze Nacht in diesem Sessel, als dass dieser kleine Mistkerl so etwas gegen mich in der Hand hat."

„In Ordnung", sagte ich. „Das hatte ich natürlich nicht bedacht."

„Susan wäre auch nicht gut auf mich zu sprechen", sagte er.

„Das hoffe ich", sagte ich.

32

Wir trafen uns mit Broz auf der schmalen Fußgängerbrücke, die sich über den Bootsteich im Public Garden spannte. Ich hatte vorher nicht mit Broz gesprochen, sondern mit Vinnie

Morris, der es Broz weitergesagt hatte. Als Vinnie zurückrief, tat er das ohne jeden weiteren Kommentar.

„Wir werden da sein", sagte er. Und hängte auf.

Hawk fuhr mich in seinem Jaguar Sedan hin und er hatte Songs von James Brown eingelegt, die so laut waren, dass sie mich davon ablenkten, wie sehr mein Bein schmerzte. Er parkte in der Arlington Street in einer Abschleppzone, und wir stiegen aus. Es war 20:15 Uhr, nicht sehr kalt, aber dunkel. Ich trug meine andere Pistole im Gürtel und eine Handvoll Ersatzpatronen in der rechten Hosentasche. Meine Jacke war offen.

Hawk ging um den Wagen herum, öffnete den Kofferraum und holte eine Pumpgun, Marke Ithaca, Kaliber .12, heraus. Er hielt sie, die Mündung nach unten, neben sein Bein. Dann schüttelte er den Kopf, legte das Gewehr wieder in den Kofferraum zurück und zog ein kürzeres hervor, eine doppelläufige Flinte, die er ebenfalls an seinem Bein auf ihre Länge überprüfte. Mit einem Kopfnicken bestätigte er sich selber, dass sie passte, und so holte er eine Handvoll Munition aus einer Schachtel und schob sie in die Tasche seiner Lederjacke. Dann klappte er die Flinte auf, holte zwei weitere Patronen aus der Schachtel, lud und klappte die Läufe wieder zu. Er schloss den Kofferraum, und mit dem Gewehr ans rechte Bein gepresst, so dass es kaum besonders auffiel, kam er wieder zu mir herüber, und wir gingen in den Park. Besser: Hawk ging. Ich humpelte an meinem Stock. Ich hatte das Ding aus Aluminium gegen einen Gehstock aus Schlehdorn getauscht, den Susan mir einmal als Spazierstock geschenkt hatte, als sie meinte, meine irische Abstammung mit Wandermützen aus Tweed, karierten Schals und ähnlichen Dingen hervorheben zu müssen. Die Mütze hatte ich ein einziges Mal aufgehabt und sie dann, zusammen mit den Schals, weggeworfen. Den

Stock mochte ich aber irgendwie. Meine Vorfahren hätten ihn wohl als *Shilelagh* bezeichnet.

An diesem Dezemberabend waren nicht viele Menschen im Public Garden unterwegs, nur einige gingen spazieren, und zwei davon entdeckten auch Hawks Gewehr und schauten etwas unsicher herüber. Niemand hielt an. Wir waren als erste an der Brücke. Kein Zeichen von Broz. Ich lehnte mich mitten auf der Brücke gegen das Geländer, und Hawk verschwand leise zu einer kurzen Runde durch die Umgebung. Nach fünf Minuten war er wieder zurück.

„Keine versteckten Schützen", sagte er. „Auch niemand unter der Brücke." Ich nickte. Hawk zog sich ans Ende der Brücke Richtung Charles Street zurück und lehnte sich, das Gewehr an der Seite, gegen den kleinen Pfeiler, an denen die Brücke festgemacht war. Er stand bewegungslos. Wir warteten ungefähr zehn Minuten. Da kam ein langer, dünner Kerl im grauen Mantel mit Samtaufschlägen und mit einer Sonnenbrille auf der Nase den Fußweg von der Arlington Street her anmarschiert, direkt auf die Brücke. Seine Hände hatte er in den Manteltaschen.

„Spenser?", fragte er.

„Ja."

„Der Kerl da am Ende der Brücke gehört zu Ihnen?"

„Ja."

„Wer ist das?"

„Jiminy Cricket", sagte ich. „Er bleibt in meiner Nähe und passt auf, dass meine Nase nicht wächst."

Der dünne Mann nickte. „Warten Sie hier", sagte er.

Er ging die Brücke hinunter an Hawk vorbei und weiter den Fußweg entlang, wobei er sorgfältig nach rechts und links schaute. Dann drehte er um und kam zurück, ging unter der Brücke durch und kam an der anderen Seite wieder herauf. Er ging wieder über die Brücke und lehnte sich an den Pfeiler Richtung Arlington Street. Nach ungefähr einer Minute tauchte Vinnie Morris auf und sprach mit ihm. Der dünne Mann machte eine Kopfbewegung in Richtung Hawk am anderen Ende der kleinen Brücke. Vinnie nickte und ging weg. Wieder vergingen zwei Minuten. Dann erschien Vinnie mit Joe Broz an seiner Seite. Sie kamen auf die Brücke und blieben bei mir stehen. Broz auf der von Hawk abgewandten Seite. Vinnie zwischen ihm und Hawk, direkt vor mir.

Broz sagte: „Wozu haben Sie den Nigger mitgebracht?"

„Ich habe zwei von Ihren Leuten umgelegt, Joe. Hawk hofft, dass mir das noch mal gelingt, und möchte dabei zuschauen."

„Nächstes Mal komme ich", sagte Vinnie.

Ich schüttelte den Kopf. „Kein nächstes Mal, Vinnie. Broz wird sich auf einen Deal einlassen."

Vinnie wollte etwas sagen, da sagte Broz: „Vinnie."

Wir waren alle still. Hawk bewegungslos am einen Ende der Brücke, der dünne Kerl am anderen. Ich, ans Geländer gelehnt. Vinnie, etwas angespannt wirkend, vor mir. Broz sah mich an, als wollte er sich mein Gesicht einprägen.

„Was hat sich geändert?", fragte Broz. „Warum sollte ich auf einen Handel eingehen?"

„Aus einem Grund: Sie haben versucht, mich fertig zu machen, und haben es nicht geschafft. Aber dadurch sind die Cops in die Sache hereingezogen worden. Marty Quirk. Sie kennen ihn?"

„Ich kenne Quirk."

„Ich höre, dass er ein besonderes Interesse an diesem Fall entwickelt hat."

Broz schüttelte ungeduldig den Kopf. „Scheiß auf Quirk", sagte er. „Was noch?"

„Ich hatte Zeit, das eine oder andere zu arrangieren. Wenn mir irgendetwas passiert, geht die ganze Geschichte mit Ihrem Jungen an die Cops und an die Zeitungen. Fotos, Namen, alles. Ich rücke dem Jungen so lange auf den Pelz, bis ich die Bänder zurückhabe und Alexander aus der Sache heraus ist."

„Was noch?"

„Sie hatten es gar nicht nötig, Alexander an die Gurgel zu gehen. Er wird nicht gewählt werden. Er ist ein Witz. In seinem Wahlkreis kann er vielleicht gewählt werden, aber er kann niemals eine Wahl im ganzen Staat gewinnen. Wenn der über Kriminalität auf den Straßen spricht, dann meint er doch nur die engen Hosen, die die Frauen anhaben."

„Erzählen Sie mir nicht, was ich weiß. Was weiter?"

„Ich lasse Ihnen Browne", sagte ich. „Den haben Sie in der Tasche. Irgendwen werden Sie immer in der Tasche haben. Er wird gewählt. Sie erzählen ihm, was er zu tun hat. Alexander geht heim nach Fitchburg und widmet sich seinen Bibelstudien."

„Sonst noch was?"

„Nein", sagte ich. „Das ist der Deal. Entweder, es kommen Ärger, finanzielle Verluste, Blamage und Stress mit der Polizei auf Sie zu oder Sie verlieren überhaupt nichts. Sie wollen doch eh nichts von Alexander."

Wir schwiegen alle. Es war windstill. Der Mond war aufgegangen. Und die Sterne. Niemand kam über die Fußgängerbrücke. Einer, der zufällig vorbeischlenderte, drehte wieder ab, als er uns sah.

„Okay", sagte Broz.

Vinnie fuhr mit dem Kopf herum und sah Broz an. „Joe", sagte er.

Broz schüttelte den Kopf. „Nein, Vinnie. Ich lasse mich auf den Deal ein."

Vinnie war ruhig.

Broz sah mich weiter an. „Sie wissen, warum ich mich auf den Deal einlasse?"

„Es ist mein Charisma", sagte ich.

„Wegen des Jungen. Ich bin verantwortlich für den Jungen. Für das, was er tut. Verstehen Sie? Von Joe Broz' Jungen erwartet man, dass er weiß, wie man sich benimmt."

Ich blieb still.

„Er ist nicht irgend so ein verdammter Collegeboy. Er ist Joe Broz' Sohn." Broz schüttelte den Kopf. „Er hat das von sich aus getan. Alles, das Dealen mit Koks, die Videobänder, die beiden Arschlöcher in Springfield. Vinnie hat sie ihm besorgt. Ich mache Vinnie keine Vorwürfe. Vinnie wollte den Jungen schützen, hat versucht … na ja, egal. Ich weiß, warum Vinnie es getan hat. Aber es wurde in meinem Namen gehandelt, ohne dass ich davon wusste. Und das war dämlich." Er schüttelte wieder den Kopf. Und starrte mich weiter an. Niemand sagte etwas. „Als Sie das erste Mal kamen und mir davon erzählten, war ich sauer. Ich bin nicht Joe Broz geworden, indem ich mich von Kerlen wie Ihnen habe erpressen lassen. Ich sagte Ed, er sollte Sie umlegen. Vinnie sagte nein. Er sagte, Ed wäre nicht gut genug, und es wäre so oder so eine schlechte Idee. Aber ich war sauer, verstehen Sie? Sie haben versucht, Joe Broz zu erpressen. Sie haben Joe Broz' Sohn ins Spiel gebracht."

Die Verkehrsgeräusche von der Boylston Street waren in der Stille deutlich zu hören. Auf dem Weg, der um den Teich führte, ging ein Pärchen mit einem Deutsch Kurzhaar an der Leine spazieren.

„Okay. Wenn Ed es richtig gemacht hätte, hätte es vielleicht geklappt. Aber er machte es nicht richtig. Darum jetzt der Deal. Aber nicht, weil Sie mich erpresst haben. Verstehen

Sie? Nicht, weil Sie Joe Broz erpresst haben. Sondern weil … weil mein Junge unrecht hatte."

„Und jetzt sind wir quitt", sagte ich.

„Ja … Vinnie, geh zum Wagen und hol das Band."

33

Es war Heiligabend. Susan lag neben mir im Bett in ihrem Haus in Smithfield. Paul saß mit Paige im Wohnzimmer und sah sich mit ihr „Singin' in the Rain" im Abendprogramm an.

„Werden Paiges Vater und Mutter nicht sauer sein, wenn sie Weihnachten nicht zu Hause ist?", fragte Susan.

„Die beiden fahren morgen zum Weihnachtsessen zu ihnen", sagte ich.

„Na so was", sagte Susan. „Ein leeres Nest."

„Mir wird schon etwas einfallen, womit wir die leeren Stunden hinter uns bringen", sagte ich.

„Wird mir das gefallen?"

„Die reine Ekstase."

„Mhh. Ist *Bloomingdale's* an Weihnachten geöffnet?"

„Das war es nicht, was ich meinte."

„Oh." Susan las ein Buch mit dem Titel „The Road Less Travelled". Sie hatte es zugeklappt und ihren Zeigefinger als Lesezeichen hineingeklemmt. Ich las eine Kritik über die *Gail Conrad Dance Company* von Arlene Croce im *New Yorker*. Ich versuchte, etwas über das Tanzen zu lernen. Ich las weiter. Im Zimmer war es still. Ich schaute Susan an. Sie hielt ihr Buch immer noch im Schoß. Das Kissen als Polster im Rücken saß sie da und sah mich an.

„Für die Alexanders ist es ein gutes Weihnachtsfest", sagte sie.

„Vielleicht“, sagte ich.

„Und sie hat nie davon erfahren?“

„Nie. Sie weiß nichts darüber, was er weiß.“

„Das ist verrückt“, sagte Susan. „Er sollte mit ihr reden. Er kann doch nicht einfach weitermachen und warten, bis sie es wieder macht. Immer die Frage im Kopf, was sie tut, wenn sie nicht bei ihm ist. Das ist irre. Das schafft er nicht.“

„Doch, er schafft es“, sagte ich.

„Für den Rest seines Lebens?“

„Bis sie etwas tut, das in die Zeitungen kommt.“ Ich legte meine Zeitschrift auf die Bettdecke und drehte mich ein wenig zu Susan hinüber.

„Und was dann?“, fragte sie.

„Dann zieht er sich aus dem öffentlichen Leben zurück, wenn er das nicht schon getan hat. Und versucht, es wieder in Ordnung zu bringen.“

„Er würde sie verlassen?“

Ich schüttelte den Kopf.

„Wie kannst du so sicher sein?“

„Wird er nicht“, sagte ich.

„Er sollte. Oder er sollte sich professionelle Hilfe holen. Beide.“

Ich nickte.

Wir waren beide still, griffen aber nicht wieder nach unserer Lektüre.

„Wie geht es dir?“, fragte Susan. Ich wusste, dass sie nicht mein Bein meinte.

„Ich bin in Ordnung“, sagte ich.

„Und deine Gefühle mir gegenüber?“

„Wirklich gut“, sagte ich.

„Besser als kürzlich?“

„Ja.“

Wir schwiegen wieder.

„Es ist so“, sagte ich. „Um zu sein, wer ich bin, muss ich für dich fühlen, wie ich es tue. Egal, was du mir gegenüber fühlst.“

„Ich fühle nur Gutes für dich“, sagte sie. „Ich liebe dich wirklich, das weißt du.“

„Ja. Aber selbst dann, wenn du es nicht tätest. Meine Gefühle dir gegenüber sind mein Problem, nicht deins. Und sie sind absolut. Es gibt keine Kompromisse. Sie wären auch ohne dich da.“

„Tot oder lebendig“, sagte Susan. Ihr Gesicht zeigte diese ernste Amüsiertheit, die ich so oft an ihr entdeckte.

„Wahrscheinlich“, sagte ich.

„Ich frage mich, wie du einmal als Erwachsener sein wirst“, sagte Susan.

„Ich bin nachpubertär“, sagte ich. „Das kann ich beweisen.“

„Sogar mit der Wunde im Bein?“

„Natürlich“, sagte ich. „Sie ist fast geheilt.“

Susan machte ein Eselsohr in die Seite ihres Buchs und legte es auf den Nachttisch.

„Zeig es mir“, sagte sie, rutschte zu mir herüber und schloss die Augen.

Es war schon früher Weihnachtsmorgen. Ich lag immer noch wach. Susan schlief. Sie lag auf dem Rücken, den Mund leicht geöffnet. Ich blickte auf ihr Gesicht. Ihre Augen bewegten sich leicht hinter den Lidern. Ich beobachtete sie beim Schlafen. Sah ihr zu, während sie sich an einen imaginären Ort träumte, fern von mir. Ich schaute sie an und wurde mir immer sicherer, dass etwas von ihr immer fern sein würde von mir, zurückgezogen, unerkannt, ungreifbar, niemals ganz mein. Ich schaute sie an, dachte all diese Dinge und wusste so sicher wie nichts auf der Welt, dass es keine Rolle spielte.

Von Robert B. Parker sind bereits folgende „Spenser"-Bände bei Pendragon erschienen:

Auch als eBook erhältlich.

„Das gestohlene Manuskript" • „Kevin Bartlett ist verschwunden" • „Wetten gegen den Tod" • „Beute für Profis" • „Neun Mörder" • „Bodyquard für Rachel Wallace" • „Spenser und das Finale im Herbst" • „Candy Sloan und die Dunkelmänner" • „Wo steckt April Kyle?" • „Spenser schützt den Kandidaten" • „Spenser und die brutale Wahrheit" • „Spenser und der graue Mann" • „Spenser und die schmutzigen Affären" • „Spenser und der Preis des Schweigens" • „Die blonde Witwe" • „Alte Wunden" • „Miese Geschäfte" • „Drei Kugeln für Hawk" • „Der stille Schüler" • „Hundert Dollar Baby" • „Der gute Terrorist" • „Bitteres Ende" • „Trügerisches Bild"

Die amerikanische Originalausgabe erschien unter dem Titel „The Widening Gyre" bei G.P. Putnam's Sons, New York 1983.

Gedruckt auf holz- und säurefreiem Naturpapier

Pendragon Verlag
gegründet 1981
www.pendragon.de

Deutsche Erstausgabe
Veröffentlicht im Pendragon Verlag
Günther Butkus, Bielefeld 2016

Lektorat: Anja Schwarz, Lothar-Michael Ernst
Umschlag und Herstellung: Uta Zeißler, Bielefeld
Foto Umschlag: mr.nico / Shotshop.com
Gesetzt aus der Adobe Garamond
ISBN: 978-3-86532-539-6
Gedruckt in Deutschland

Robert B. Parker

Wetten gegen den Tod
Ein Auftrag für Spenser

Marty Rabb, der Star-Pitcher der Boston Red Sox, spielt Baseball aus Leidenschaft. Doch plötzlich steht er unter dem Verdacht Spiele zu manipulieren. Spenser soll die Vorgänge für den Verein aufklären. Er gibt sich als Schriftsteller aus, der ein Buch über die Sox schreibt. So kann er verdeckt ermitteln. Zunächst bemerkt er keine Unregelmäßigkeiten. Weder bei Marty noch bei den anderen Spielern oder dem Trainer. Alles scheint normal zu sein. Bis Spenser anfängt in der Vergangenheit von Linda Rabb, Martys Frau, zu schnüffeln …

224 Seiten, Euro 12,99
ISBN 978-3-86532-495-5
Auch als eBook erhältlich.
Pendragon Verlag

Leseprobe

Die amerikanische Originalausgabe erschien unter dem Titel »Mortal Stakes«.
(Übersetzt von Ursula Goldschmidt)
www.pendragon.de